SOUVENIRS

D'UNE

VIEILLE FEMME

---

708. — PARIS. IMP. DE CH. BONNET ET COMP., 42, RUE VAVIN.

SOUVENIRS

D'UNE

VIEILLE FEMME

PAR

Mᵉˡˡᵉ S. ULLIAC TRÉMADEURE

Qu'as-tu que tu n'aies reçu?
SAINT PAUL.

PARIS

E. MAILLET, LIBRAIRE-ÉDITEUR

15, RUE TRONCHET (PRÈS LA MADELEINE)

1861

DÉDICACE

Je dédie ce livre à la mémoire de mon Père et de ma Mère vénérés ; à la mémoire de mes bien-aimées protectrices, madame la comtesse douairière de Montalivet et madame la baronne de Tascher ; à la mémoire de mon excellent ami Alexandre Duval et à celle des amis qui m'ont précédée dans l'éternité.

Je le dédie aux nobles familles de Montalivet et de Tascher, dont l'affectueuse estime a tant de fois relevé mon courage ; je le dédie aux amis fidèles que mes longues infortunes n'ont pu lasser ; je le dédie enfin aux belles et bonnes âmes qui m'ont aimée sans me connaître autrement que par mes écrits.

S. ULLIAC TRÉMADEURE.

Paris, juillet 1861.

SOMMAIRE

SOUVENIRS

D'UNE

VIEILLE FEMME

LIVRE I

LA TERRE NATALE

I

Un voyage! deux voyages! quel bonheur! Ce
n'était cependant pas la première fois que j'allais
goûter le plaisir de voir du pays; mais jusqu'a-
lors je n'avais voyagé que dans ma *petite enfance*,

1

comme disent les Anglais, et, en 1809, je venais
d'entrer dans ma quinzième année.

Le premier de ces deux voyages devait me
conduire à la terre natale, dans notre vieille Bretagne, dont le souvenir avait été religieusement
conservé en moi par mon angélique mère; bien
des fois, les mœurs, les superstitions, les coutu-
mes de notre pays avaient été pour elle l'objet
de causeries, toujours écoutées avec avidité et
avec une admiration naïve. Je comptais cinq ans
à peine à l'époque où mes parents avaient quitté
la Bretagne; il s'agissait donc pour moi de renouveler connaissance avec les membres nombreux des deux familles, dont les noms m'avaient
été si souvent répétés. C'était bien joyeusement
que je faisais mes préparatifs de départ. D'après
le conseil donné par mon père, dans l'une de ses
dernières lettres, je m'étais plue à préparer plusieurs cahiers de papier blanc, afin de prendre note exactement des événements, grands
ou petits, que pouvaient m'offrir la route, les
voyageurs, les voyageuses, et enfin des réflexions,
sérieuses ou frivoles, que tout cela m'inspirerait.
Préparatifs complétement inutiles; car, excepté
les changements de chevaux aux relais, une ou

deux nuits passées à l'auberge, les dîners à table d'hôte, qui me déplaisaient souverainement, parce que j'étais fort sauvage et fort timide, rien ne m'offrit assez d'intérêt pour que je trouvasse quelque chose à écrire sur mes cahiers. Pourtant, je ne manquais pas d'imagination ; la preuve en est qu'une année auparavant, et sans me douter le moins du monde que j'entrais déjà dans la carrière qui devait être un jour la mienne, j'avais commencé un roman par lettres avec une amie de mon âge ; ouvrage où les phrases les plus sonores, les mots les plus ronflants (réminiscences de quelques lectures) étaient employés sans aucune mesure. Quant aux voyageurs, nos compagnons de route, aucun ne m'avait rien présenté d'original. Je me trouvai donc transportée de Paris à Lorient avec des cahiers intacts, ce dont j'étais presque honteuse, car j'avais compté sur quelque événement, sur quelque accident même, digne de récit.

Grâce aux chemins de fer, la province, je l'espère, finira par revenir de son engouement pour tout ce qui a le bonheur d'être né ou d'avoir été élevé dans le *grand village*. Grâce aux chemins de fer, *il n'y a plus de Pyrénées* entre la province et Paris ; les *bons* provinciaux finiront donc par reconnaître que tout ce qui vient de Paris n'est pas admirable, et les Parisiens, de leur côté, comprendront que tout ce qui vient de la province n'est pas *moquable.* Mais, en 1809, le nom seul du merveilleux Paris, et le titre de Parisien ou Parisienne inspirait, en province, une sorte de respect. Je ne m'en doutais pas : élevée dans la solitude, sous l'aile de ma mère vénérée, humble de cœur, timide, et sentant mon infériorité sous le rapport de l'instruction, je ne compris rien d'abord à la réserve de mes jeunes cousines, qui semblaient voir en moi une personne supérieure. La familiarité eut beaucoup de peine à s'établir entre nous; on *admirait* ma très-simple toilette, on *admirait* les dessins, véritables chefs-d'œuvre d'écolière, que j'avais apportés avec moi; on *admirait* enfin ma tournure, mes manières si simples, et après avoir ri, car j'étais alors un peu moqueuse, de toutes ces admirations, je finis par croire qu'en réalité j'étais d'une autre nature que ces aimables jeunes filles, qui s'effaçaient si complétement devant moi. Ma bonne grand'mère, elle-même, concourait aussi à développer mon amour-propre. Elle portait encore le costume de son

temps, de ce temps où la bourgeoise se distin-
guait par ses vêtements de la femme de qualité :
sa jupe et son corps de ratine grise, sa coiffe plis-
sée, qu'elle cachait, pour sortir, sous une théré-
sienne de bougran, déplaisaient beaucoup à mes
cousines. Presque toujours elles trouvaient un prétexte pour ne pas l'accompagner en ville, tandis que j'étais toujours prête à aller avec elle,
même au marché. Aussi disait-elle : « Elle n'est
pas fière, ma Parisienne ; ce n'est pas comme vous
autres. » Ma pauvre grand'mère, toujours active,
toujours travailleuse, ne trouvait pas plus de succès pour le produit de sa quenouille : elle parfilait
tous les morceaux de soie qu'elle pouvait réunir ;
elle filait cette parfilure avec du coton, et elle prétendait que ce fil pouvait fournir de très jolies mitaines longues, comme on les portait alors. Pour lui
complaire, mes tantes avaient tricoté ainsi deux ou
trois paires de mitaines ; mais aucune de leurs
nièces n'avaient voulu s'en servir. Le jour où j'en
mis une paire fut pour ma grand'mère un véritable
jour de triomphe. Oh ! jeunesse, combien tu serais
moins avare de tes attentions pour la vieillesse, si
tu savais quelle joie lui donne ta condescendance
à ses désirs !

Mais si ma grand'mère et toute la famille paternelle me gâtaient, soit par tendresse, soit par
respect pour mon titre de Parisienne, les vieilles
amies de ma mère ne se faisaient faute de répéter
sur tous les tons que j'étais laide et que je serais
grande, car j'avais un grand pied. Je recevais
sans sourciller ces mauvais compliments. Depuis
mon enfance ces mots : Qu'elle est laide ! avaient
souvent frappé mon oreille, et jusqu'alors je ne
m'étais pas mise en peine de la figure que m'avait
départie dame nature.

Malgré les *gâteries*, les flatteries dont je me
trouvais l'objet, je sentais confusément qu'on
me craignait plus qu'on ne m'aimait, et cela me
désolait. J'étais bonne, franche, aimante, et je
me croyais digne d'être aimée. Malheureusement, un triste penchant à la moquerie gâtait ce
qu'il y avait de bon en moi. Rieuse avant tout,
prompte à saisir le ridicule ou à le donner, je me
moquais de moi-même aussi gaiement que des
autres ; mais je blessais parfois profondément
sans y songer, sans le vouloir surtout, et sans me
douter que les rires de la personne tournée en
ridicule n'étaient pas francs. C'était en vain que
ma mère vénérée me réprimandait, en vain qu'elle

excitait dans mon cœur le regret sincère de la peine que j'avais faite, et la ferme volonté de retenir ces traits malins, trop prompts à partir de mes lèvres. L'esprit de moquerie, le plus facile et le plus sot de tous les genres d'esprit, est bien commun au jeune âge, et ce n'est qu'avec une attention sévère sur soi-même qu'on parvient à s'en corriger.

Lorient, ma ville natale, était alors une jolie petite ville: depuis elle s'est bien agrandie. Comme je l'avais quittée à l'âge de cinq ans, je ne l'aurais peut-être pas trouvée plus charmante que toute autre ville, car aucun de mes souvenirs d'enfance ne s'y rattachait; mais ma mère me l'avait fait aimer en me parlant de ses souvenirs à elle, et en me racontant les joies et les tourments qu'elle y avait éprouvés. J'étais trop étourdie alors pour que la vue de la mer produisît sur moi une vive impression : j'admirai pourtant le port, et, du haut de la tour, l'immense étendue d'eau que les rayons du soleil faisaient étinceler. Peut-être plus positive que poétique, je visitai avec un plaisir réel un beau vaisseau de guerre, une frégate, je crois. Mais un soir, après une journée de tempête, j'éprouvai une émotion inexprimable, lorsqu'un

coup de canon retentit dans le lointain et fit tomber à genoux toute la famille, qui s'écria d'une
commune voix : « Un vaisseau en détresse ! » Moi
aussi je me mis à genoux en sanglotant, tressail-
lant à chaque coup de canon qui succédait au premier, à d'assez longs intervalles. Avec quelle fer-
veur nous priions tous pour les malheureux en
danger ! Soudain le canon cessa de se faire entendre : le vaisseau en détresse avait-il été secouru
ou bien avait-il sombré ? Il fallut attendre jusqu'au lendemain pour le savoir. Je ne dormis
guère cette nuit-là, et lorsque, par moment, le
sommeil appesantissait ma paupière, réveillée
soudain en sursaut, je me mettais sur mon séant
et j'écoutais avec anxiété ; car il me semblait avoir
entendu retentir le terrible signal. En voyant ma
pâleur, ma grand'mère me dit le jour suivant:
« Ah ! ma pauvre fille, si tu te maries, n'épouse
pas un marin ! — Dieu m'en garde ! répondis-je.
Le vaisseau est-il sauvé ? — L'équipage est
sauvé ; mais le vaisseau et la cargaison sont
perdus. »

Plus d'une fois pendant mon séjour à Lorient,
j'entendis ce signal, et toujours il produisit sur
moi le même effet. Oui, c'est quelque chose de

beau que la mer, mais on peut lui dire comme
dans l'Ecclésiaste : *Vous êtes belle comme Jéru-*
salem et terrible comme une armée rangée en ba-
taille !

Dans le faubourg de Kérantré, la statue colossale de saint Christophe, portant sur son épaule
le Sauveur enfant, me fit faire connaissance avec
les singulières figures que la statuaire bretonne
donne aux saints destinés aux églises de campagne. Je fus presque effrayée de l'air rébarbatif
de saint Christophe ; j'avoue que je ne comprenais
pas comment le bel art du sculpteur pouvait être
resté de si loin en arrière dans mon pays natal.
Ce que j'allais voir en ce genre dans le village de
Pontscorff, devait rendre ma stupéfaction plus
grande encore.

Après avoir consacré un grand mois à ma famille paternelle, nous quittâmes Lorient pour
aller visiter ceux des parents de la ligne maternelle qui n'avaient pu venir nous voir.

Le village de Pontscorff a sa petite célébrité :
ses *miches* de pain de seigle sont renommées à
près de vingt lieues à la ronde. Qui n'a pas goûté
du pain de seigle de Pontscorff, ne sait ce que
c'est que le véritable pain de seigle. De mon

1.

temps, le commerce de ce genre de produit était
assez considérable; on prétend que les eaux de la
Scorff donnent au pain cette saveur particulière
qui le fait rechercher des gourmets. La seconde
industrie de ce village est le blanchiment du
linge. Des bateaux de blanchisseuses descendent
la Scorff jusqu'à Lorient, puis la remontent une
fois la semaine.

C'est dans un de ces bateaux que ma mère
vénérée et moi, nous prîmes place pour remonter
la rivière jusqu'au village. Rien de plus sinueux,
de plus pittoresque, de plus joli que les deux bords
de cette rivière, qui a son embouchure dans la
mer, au faubourg de Kérantré. Pendant le voyage,
qui est de plus de deux lieues, ma mère me raconta tous les souvenirs que réveillaient en elle
les divers points de vue que j'admirais avec un
enthousiasme naïf; car je reconnaissais et je nom-
mais plusieurs des lieux dont ma mère m'avait
tant de fois parlé dans mon enfance. La vue de
ces rochers entremêlés de bruyère produisit chez
moi plus d'effet que celle de la jolie ville de Lorient, de son port et même de la mer : c'est qu'ici
il y avait quelque chose de plus intime, de
tendres souvenirs de l'enfance de mes parents.

Pour la première fois je sentais l'amour de la terre natale.

Nous débarquâmes au Bas-Pontscorff; là habitent les boulangères et les blanchisseuses, qui représentent l'industrie du pays. Pendant que ma mère renouvelait connaissance avec quelques vieilles femmes qui l'appelaient, comme jadis, *mademoiselle Rose*, moi je contenais avec peine l'envie de rire que m'inspiraient les figures de quelques autres. Rien n'était, en effet, plus bouffon que de voir ces têtes de femmes sévères coiffées de classiques bonnets de coton, et la bouche armée de courtes pipes qu'elles fumaient gravement.

Des bras qui nous entouraient, des voix affectueuses qui se faisaient entendre, firent prendre un autre cours à mes pensées. Ma bonne tante, mes bonnes cousines étaient venues au-devant de nous, et toutes ensemble nous montâmes vers le Haut-Pontscorff, où se trouvaient les seules maisons bourgeoises de ce petit coin de terre ignoré. On me fit tout d'abord remarquer la belle place triangulaire où, depuis des siècles, en dépit des remontrances des recteurs ou curés et de leurs vicaires, se dansent les branles et les gavottes les dimanches et les jours de fêtes, après les offices terminés. J'entrai avec respect dans la maison où ma mère, ses sœurs, mes cousines étaient nées. Il y avait dans l'accueil qui nous était fait, la cordialité simple et l'absence de toute prétention qu'on trouve chez les personnes qui ont toujours vécu à la campagne. Ici on se mit à me gâter comme on m'avait gâtée à Lorient, mais ce n'était pas de la même manière ; on ne paraissait pas se souvenir que j'avais été élevée à Paris, on ne voyait en moi que la fille d'une tante chérie, qu'on était tout disposé à chérir à son tour.

Le lendemain, dimanche, nous allâmes à la messe dans l'église succursale de Pontscorff; car la paroisse est à Lesben, où l'on devait me conduire le dimanche d'après. L'église est pauvre, et dans ce temps-là elle était tristement ornée de statues de saints, hideuses à voir et bariolées de toutes les couleurs de l'arc-en-ciel. Mais ce qui attira surtout mon attention, ce fut la masse des paysans réunis au milieu de la nef: d'un côté, les femmes avec leurs grandes coiffes blanches qui rappellent un peu celles des sœurs de Saint-Vincent de Paul, leurs lourdes jupes de drap brun, leur justaucorps de même couleur et à larges

manches ; de l'autre côté, les hommes avec leurs
longs cheveux plats, leurs lourdes vestes de drap,
leurs guêtres et leurs gros sabots, tenant tous à
deux mains leurs larges chapeaux ronds : ni bancs,
ni chaises pour les femmes, pas plus que pour les
hommes. La bourgeoisie seule possède des bancs
de bois.

Malgré tout mon respect pour la sainteté du
lieu, j'eus une peine infinie à contenir le fou rire
qui me prit en voyant les évolutions qui avaient
lieu, surtout du côté des hommes. Comme les
femmes, ils étaient debout et serrés les uns contre les autres, attendu le manque d'espace. Lorsque ceux qui étaient le plus près de l'autel se mettaient à genoux, tous ceux qui étaient derrière eux,
voulant suivre le même mouvement, perdaient
l'équilibre, et on les voyait parfois tomber les
uns sur les autres comme des capucins de cartes,
avec un cliquetis de sabots qui faisait trembler
les vitres de l'église. Les femmes, plus réservées,
plus prudentes dans leurs mouvements, se mettaient à genoux avec un ensemble fort remarquable. Quand les hommes du premier rang se rele-
vaient, c'était à leur tour de tomber à la renverse
sur ceux qui étaient encore à genoux derrière eux.

On se débrouillait comme on pouvait, et l'office s'achevait au milieu de ces flux et reflux très-originaux et très-étonnants pour une Parisienne.

Nous n'allâmes pas à vêpres, parce que le sermon avait lieu en breton, *mère langue*, que j'étais hors d'état de comprendre.

Peu à peu, danseurs et danseuses se réunirent sur la place où déjà le biniou s'était fait entendre ; c'est une espèce de cornemuse au son monotone et criard. Dans les jours de grande fête, le hautbois vient s'y joindre et animer la danse. Mes cousines et moi nous allâmes prendre place parmi les danseuses, ainsi que les autres jeunes filles de la bourgeoisie ; mais nous ne fûmes pas invitées des premières, ce qui étonna un peu mon amour-propre. Le meilleur danseur et la meilleure danseuse se placent à la tête du branle, et les autres couples répètent les figures qu'ils leur voient faire. Je n'essayerai pas de décrire le branle ni la gavotte bretonne ; ces danses rappellent quelques-unes de celles de l'ancienne Grèce, à un tel point que les érudits ont voulu y retrouver les sinuosités du labyrinthe où trônait le terrible Minotaure. Je pris grand plaisir à ce bal champêtre, et le soir je

m'endormis très-contente de l'emploi de ma
journée.

Le jour où mes cousines me conduisirent dans
l'église paroissiale de Lesben, j'éprouvai une émotion tout à fait nouvelle : jamais de ma vie je n'a-
vais vu de cimetière; ceux des villages de notre Bretagne entourent l'église. De simples croix de bois in-
diquent la place où reposent, sous un tapis de gazon, les parents, les amis que Dieu a rappelés à lui.
Pas une seule inscription; quelques pierres tom-
bales suffisent à l'orgueil des survivants. Tout était
brillant de verdure et de fleurs : rien ici n'attris-
tait la vue, et cependant mes yeux se mouillèrent.
J'avais perdu deux frères ; ma pensée se porta
vers eux, et je regrettai qu'ils ne fussent pas dans
ce lieu de repos si calme et si imposant malgré sa
simplicité ; mais je frissonnai en passant auprès
de l'ossuaire. Sous un rustique appentis de bois
étaient réunis les tristes ossements de ceux qu'on
avait enlevés à leur dernière demeure pour faire
place à d'autres. L'ossuaire me représentait la
mort sous son véritable et lugubre aspect; j'en dé-
tournai les yeux et j'allai m'agenouiller près de
ma mère qui priait sur la tombe de son père.
Nous nous embrassâmes en pleurant, et, sans

nous parler, nous comprîmes que notre pensée se portait tout ensemble vers les êtres chéris
qui n'étaient plus, et vers les êtres non moins
chéris qui avaient échappé jusqu'alors aux dan-
gereux hasards de la guerre.

L'église était déserte : le sacristain était venu
nous en ouvrir la porte ; car dans la semaine le
paysan quelque pieux qu'il puisse être, doit se
borner à prier en travaillant. Les églises de campagne ont toujours fait sur moi plus d'impression
que les cathédrales, même celles des grandes
villes : la pauvreté des ornements qui les déco-
rent, la nudité des murs, la couleur sombre des
pierres, le jour incertain que laissent passer de
petits vitraux grossièrement enchâssés dans le
plomb, tout rappelle celui qui voulut naître dans
une crèche et vivre dans la pauvreté.

En regagnant Pontscorff, on me raconta les
plaisirs de la grande fête de Noël et les impressions produites par la messe de minuit, qu'on ne
manquait jamais de venir entendre à Lesben,
malgré la neige, la glace et les difficultés de la
route. Au retour, on retrouvait un feu flambant
et le *réveillon* préparé avant le départ. Tout en
chantant des noëls, les servantes et les filles de

la maison tournaient rapidement les galettes sur les galetoires, écrémaient les pots de lait, faisaient rôtir les marrons et mettaient le couvert, pendant que les garçons allaient au cellier remplir les pots de cidre et chercher pour les vieillards quelques bouteilles de *vin de retour* oubliées depuis longtemps. On appelle vin de retour celui que les navires emportent comme lest et rapportent au lieu d'où il est parti.

Le Dimanche suivant eut lieu sur la place triangulaire de Pontscorff une réunion de paysans beaucoup plus considérable que de coutume. Il ne s'agissait pas de danse ce jour-là, mais d'un terrible jeu où plus d'une tête est fendue, et où plus d'un joueur est rudement foulé aux pieds : on allait lancer la *soule*. J'avais été prévenue qu'il fallait me borner à assister à ce spectacle des fenêtres de notre maison.

La soule est un gros ballon rempli de son, et si bien rempli, qu'il en devient dur comme une pierre. Des bras vigoureux la lancent en l'air, et quand elle retombe, tous les joueurs se précipitent pour s'en saisir. Alors ont lieu des luttes vraiment effrayantes; les coups de poing, ou plutôt les coups de massue, car la main du paysan

breton est lourde, pleuvent comme grêle. Il faut
avoir vu cette scène pour comprendre la fureur
et l'acharnement de tous ces hommes, qui met-
tent leur gloire à s'emparer de la soule. Le vainqueur se voit arracher parfois sa conquête avant
d'avoir pu compléter son triomphe, en *logeant* la
soule chez quelqu'un des richards du pays : *loger*
la soule c'est lancer à tour de bras ce boulet de
gros calibre dans la maison choisie d'avance.
Peu importe le bris de la fenêtre et des meubles;
peu importe le danger couru par ceux dont la
maison a été choisie à leur insu ; il faut donner à
boire au vainqueur et à presque tous les combat-
tants. La soule, une fois logée, reste dans la maison jusqu'au jour où le jeu doit recommencer.

Plus effrayée qu'amusée de ce spectacle, j'a-
vais quitté deux ou trois fois la fenêtre. Le jeu
terminé, je vis arriver les blessés qui venaient se
faire panser; car toujours la maison de mon
grand-père avait fourni des gardes-malades, des
médicaments et des soins à tous ceux qui avaient
besoin de secours; et j'admirais en frissonnant
le courage et le sang-froid de mon angélique
mère, de ma tante et de mes cousines dont
les mains adroites étanchaient le sang, prépa-

raient et plaçaient les compresses. La maison de
mon grand-père a été pendant bien des années
une maison de charité, ouverte à quiconque souffrait.

Ce que je désirais par-dessus tout, c'était de
voir une de ces fêtes patronales qu'en Bretagne
on désigne sous le nom de *pardon*. La saison était
un peu avancée, cependant on put me conduire
à la fête de Notre-Dame des Fleurs. Nous partîmes en bande nombreuse et joyeuse, bien disposées
à nous amuser et à rire de tout. Rien de plus ac-
cidenté que la campagne dans cette partie du
Morbihan : des forêts séculaires, des rochers,
tantôt arides, tantôt semés de bouquets d'arbres
et de bruyères ; peu de landes au feuillage d'un
vert sombre qu'animent les rameaux d'or du ge-
nêt en fleur. Des vallons où coulent des ruisseaux
limpides ; presque partout, de l'ombre, de la
fraîcheur.

Autour de la petite chapelle de Notre-Dame
des Fleurs s'étaient établis quelques marchands
forains, qui étalaient avec complaisance d'innom-
brables chapelets en verroterie, des épingles pour
attacher les chemises de femme, des rubans
de toutes couleurs brodés en or, en argent, et

dont les femmes se servent pour former un bandeau sur le front; il y avait aussi des galons, des lacets pour les justaucorps, enfin des boutons pour les vestes et les chapeaux d'homme, et une foule de ces brimborions sans nom dont le paysan breton fait emplette ce jour-là, non sans marchander beaucoup, pour offrir un souvenir à sa *plus aimée*. La fumée de quelques cuisines en plein vent et le parfum des mets qui se préparaient, faisaient souvent une diversion peu agréable avec la senteur embaumée qu'exhalaient les prés et les haies.

Ce qui surtout attira mon attention, ce fut la procession des pèlerines faisant lentement le tour de l'église. Chacune avait à la main un chapelet et un cierge. Quelques-unes, par suite d'un vœu, allaient nu-pieds; d'autres, dans l'intérieur de l'église, marchaient à genoux; les trois autels de la chapelle étaient surchargés de fleurs. Dès que la procession du dehors fut rentrée dans l'église, l'office commença. Je n'étais pas musicienne, mais j'avais l'oreille juste, et plusieurs fois cette oreille fut choquée par les sons discords qui échappaient aux chantres eux-mêmes.

L'office terminé, tout le monde se précipita

hors de la chapelle ; des tonneaux mis en perce,
le cidre coula à pleins bords, et les traiteurs
ambulants trouvèrent un rapide débit des mets
fumants sortis de leur cuisine.

Nous avions apporté quelques provisions ; mais
quoique notre appétit eût été excité par la marche, nous nous levâmes toutes au premier son
des binious et des hauts-bois, et nous laissâmes
nos mères et nos tantes achever seules leur repas.
On dansa jusqu'à ce que la cloche de la chapelle
annonçât que les vêpres allaient commencer.
Après les vêpres, la danse reprit avec plus d'animation que jamais. La nuit approchait : nous
dûmes partir, laissant à regret le bal dans toute
sa splendeur ; mais nous n'étions que des femmes,
et il n'aurait pas été prudent d'attendre que le
cidre eût achevé de faire perdre la raison aux
danseurs. Le cidre et la danse, la danse et le
cidre sont les deux passions principales du paysan
breton ; il s'y livre avec tant de gravité et souvent même de tristesse, qu'en se grisant et en
dansant il ne semble point prendre part à un
plaisir, mais accomplir une tâche sérieuse et difficile.

II

Nous avions encore des parents à visiter à
Quimperlé; point d'autre moyen de s'y rendre
que de monter à cheval. Je n'étais nullement
écuyère, et, quoique peu poltronne par nature,
je ne laissais pas que de m'effrayer de cette manière de voyager. On fit choix pour nous, et surtout pour moi, de chevaux très-doux et dont l'air
bénin, la tête basse, annonçaient des dispositions
tout à fait pacifiques. Les selles de femmes étaient
parfaitement ignorées à cette époque dans le pays;
il fallait donc se décider à passer les pieds dans
les étriers, placés de chaque côté d'une selle ordinaire. Ma mère, habituée à ce genre d'équitation,
fut bientôt en selle; mais moi, quoique fort in-
gambe, j'eus beaucoup de peine à suivre son
exemple : il est vrai que de fous rires accompagnaient l'opération, et je riais moi-même de tout
mon cœur. Le cheval était tenu par la bride,

aussi immobile qu'un terme. Mais quand on me
vit solide sur mes étriers, le guide, qui le tenait,
lâcha la bride; le cheval fit un mouvement et je
m'écriai, en me cramponnant des deux mains à
la crinière : « Maman, le cheval bouge! » De
nouveaux éclats de rire répondirent à cette do-
léance, et un coup de houssine ayant été donné
au cheval, il m'emporta au petit galop, malgré
mes cris de détresse. Mon excellente mère m'eut
bientôt rejointe. Elle modéra l'allure de mon
coursier, me mit la bride dans la main gauche et
une petite houssine dans la main droite, me donnant l'exemple en même temps que le précepte.
J'en profitai si bien qu'au bout d'un quart d'heure,
je lançais de moi-même ma monture au galop. Je
crois qu'un peu plus je l'aurais fait caracoler, si
elle avait voulu s'y prêter. Très-fière de ma hardiesse, j'entrai la tête haute à Quimperlé; et d'un
air tout à fait écuyer, je mis pied à terre devant
la maison de ma grand'tante, sans vouloir faire
usage de la chaise que la servante avait apportée.

C'est une bien jolie ville que Quimperlé, placée
au confluent des rivières de l'Isole et de l'Élée :
son port peut abriter des bâtiments de 50 ton-

neaux. De beaux quais et la longue rue qui monte
entre les deux rivières, son entourage de montagnes boisées, ses prairies éclairées par un brillant soleil, tout cela formait un ensemble charmant
et dont je fus frappée. Ce souvenir est encore présent à ma mémoire beaucoup plus que celui de
Lorient, ma ville natale. A Pontscorff, c'est la
nature agreste; à Quimperlé, cette nature se
trouve heureusement modifiée par les embellis-
sements de la civilisation.

Ma grand'tante était, comme ma grand'mère,
une petite femme, spirituelle, active, bougeante.
Un grand dîner avait été préparé pour notre ré-
ception, un de ces dîners comme on n'en fait
qu'en province, et dont l'ampleur et la longueur
mettaient à bout ma patience. Oncles, tantes,
cousins, cousines avaient été invités, ainsi que
quelques amis. Heureusement pour moi se trouvait au nombre des conviés une jeune fille de mon
âge, Adèle M..., qui guettait comme moi le moment de quitter la table. Mon titre de Parisienne
avait fait peu d'effet sur ma famille de Quimperlé.
Les tantes étaient des personnes graves, plus oc-
cupées de leur ménage que des usages de la grande
ville; les oncles et les cousins ne parlaient que

de chasse ; les cousines avaient plus que le double
de mon âge. Sur un signe d'Adèle, je quittai furtivement la table et nous allâmes nous asseoir
dans le jardin. A quinze ans, deux jeunes filles
font vite connaissance ; au bout de quelques minutes, nous étions intimes amies. Elle me mit
au courant des amitiés et des inimitiés de la famille, et elle me fit prendre en commisération
l'un de mes cousins, Yvon, qu'on appelait fami-
lièrement Nono. Ce pauvre cousin m'avait donné
pendant le repas de grandes envies de rire ; il
était si gauche et il avait l'air si stupéfait d'être
au monde, que j'avais dû plusieurs fois me couvrir la bouche avec ma serviette pour ne pas écla-
ter ; mais Adèle m'apprit qu'Yvon, quoique l'aîné
de la famille, n'était pas aimé ; on lui préférait
son frère, qui déjà servait dans l'artillerie de
marine. Au récit des injustices dont Yvon était
l'objet, je me pris d'affection pour lui, et je me
promis de lui prouver que son extérieur ne lui
avait pas nui dans ma pensée. Je ne me doutais
pas qu'en agissant ainsi, je transformais le pauvre
Nono en un véritable adorateur ; je le rencontrais
partout, ne me disant mot et me regardant de ses
gros yeux grands ouverts.

2

Adèle et moi nous étions également étourdies, également remuantes et malignes; mais Adèle avait de plus que moi une hardiesse. qu'expliquaient son titre d'enfant gâtée et celui de fille riche. Moi, au contraire, j'étais timide jusqu'à la gaucherie; devant les étrangers je restais muette et sotte, et je ne riais bien de tout mon cœur qu'en famille. Je n'aurais jamais eu le courage de dire combien je désirais voir se former une de ces parties de campagne qu'on nomme *partie de vert*. La maison de ma grand'tante était fort sérieuse, triste même; une demande de ce genre aurait été fort mal accueillie. Adèle vint à mon secours; les bases de la *partie de vert* furent établies. Pour faire partie de l'association, il suffit de déclarer qu'on veut en être, et que l'on consent à payer l'amende chaque fois que l'on sera *pris sans vert. Le vert,* c'est le feuillage choisi parmi ceux qu'il est le plus difficile de se procurer ; ainsi, dans le pays où les frênes sont rares, on prend pour vert le feuillage du frêne blanc ou rouge ; ailleurs, ce sera le feuillage du bouleau, du hêtre, quelquefois celui d'une humble plante. Les associés, pour une partie de vert, doivent, chaque fois qu'ils se rencontrent, se présenter l'un à l'autre ne fût-ce qu'une feuille du vert qui a été choisi : celui qui n'en a pas est *pris sans vert* et mis à l'amende. Le produit de ces amendes sert à payer le pique-nique et les violons pour la partie champêtre, dont le lieu est désigné d'avance, afin que chacun puisse s'y rendre de son côté au jour dit. Comme Adèle voulait réunir beaucoup d'amendes pour cette partie, elle réussit à faire choisir pour vert du trèfle à quatre feuilles, feuillage très-difficile à découvrir. Dès le lendemain du jour où commença l'association, je trouvai dans ma corbeille à ouvrage un petit bouquet de vert, et chaque jour le petit bouquet était à la même place. Je parlai à Adèle de ces mystérieux bouquets, et toutes deux nous cherchâmes en vain à deviner quel était le sylphe qui me préservait ainsi, moi étourdie, d'être prise sans vert. Un matin, j'entendis la voix de ma tante Julie plus aigre que de coutume ; elle parlait haut et reprochait à Yvon de passer toute sa matinée à chercher du trèfle à quatre feuilles, au lieu d'étudier comme c'était son devoir. Et je n'avais pas deviné que c'était ce pauvre garçon qui perdait ainsi son temps pour moi ! J'allai le dire à ma mère, et je la priai de défendre à Yvon d'em-

ployer ainsi ses matinées. Ma mère parut mécontente de ce qu'elle apprenait; elle me promit
qu'Yvon serait grondé d'importance. Grondé ! le
malheureux l'avait été suffisamment, à mon avis;
mais il n'y avait pas à répliquer, car ma mère
unissait à la douceur d'un ange, une fermeté que
rien ne pouvait ébranler.

« Yvon t'*adore*, me dit Adèle. »

A ces mots, j'ouvris les yeux aussi grands que
les ouvrait mon cousin.

« Comme il est un peu nigaud, ajouta-t-elle,
il n'osera pas, d'ici à quelques jours, aller chercher du trèfle à quatre feuilles; mais, sois tranquille, je me charge de t'en fournir. De quel air
ébahi tu me regardes ! continua-t-elle en riant.

— Tu te moques de moi, répondis-je en deve-
nant fort rouge, et ce n'est pas bien; car, est-ce
ma faute si je suis laide?

— Allons donc, tu as ce qui plaît et plaira
toujours.

— Quoi donc?

— Un air de bonté qui attire : si maman était
là, elle nous répéterait ce qu'elle me dit tous
les jours jusqu'à satiété, ces mots de Gresset, je
crois : *Soyez bon, vous plairez*. Tu as été bonne

pour ce pauvre garçon que tout le monde mal-
mène, et dont on se moque, et il te trouve charmante. C'est à toi de lui faire bien comprendre
que

La pitié n'est pas de l'amour. »

Et la malicieuse Adèle se mit à chanter ce re-
frain fort à la mode à cette époque.

Je me trouvais d'autant plus embarrassée de
la prétendue découverte de ma folle amie, que je
ne pouvais éviter de rencontrer mon cousin tous
les jours, puisque nous habitions la même maison. Devenir dure et sèche avec lui était d'autant plus impossible que, dans ce moment, il
s'occupait pour moi d'un *grand travail*. A Lorient, j'avais commencé à faire des fleurs artificielles; à Pontscorff, j'avais appris à tisser des
Agnus Dei au petit métier (1) ; à Quimperlé, je
voulus apprendre à faire des bagues de crin. Les
bagues, les chaînes en crin étaient fort à la mode
dans le pays ; les chaînes se faisaient d'ordinaire

(1) C'est un véritable métier à tisser les étoffes, mais métier
en miniature, et qui se pose sur les genoux. Les fils de l'our-
die sont préparés de manière à représenter, quand la navette
a joué, un agneau couché sur un coussin.

2.

unies, en crin noir ou en crin qui avait été teint en couleur corail; mais les bagues s'ornaient d'emblèmes, de devises qu'on exécutait en crin blanc sur le fond noir, ou bien en fils d'or. Travail de patience et d'adresse, s'il en fût. Pour dessiner emblèmes ou lettres, il fallait avoir une nomenclature écrite, comme on en a une aujourd'hui pour les dessins de tricot. A mon intention, Yvon avait commencé cette fastidieuse nomenclature, en l'ornant de traits de plume et en l'écrivant de sa plus belle écriture. Sous sa direction et avec son aide, j'avais entrepris de faire une chaîne couleur corail. Il avait la complaisance d'amincir les morceaux de baleine sur lesquels s'enroule le crin, et il devait prochainement commencer à m'enseigner le bel art d'orner les bagues d'une devise. Comment refuser ses leçons? Et si je ne les refusais pas, comment les prendre avec ces manières amicales et franches dont jusqu'alors j'avais usé envers lui? Heureusement, l'époque où nous devions aller à Kérikel était arrivée, et un matin, ma mère et moi, nous partîmes à cheval pour ce pays de loups, à parler sans métaphore.

Je n'avais encore rien vu d'aussi sauvage que

les forêts à travers lesquelles nous fit passer notre
guide, forêts que coupent çà et là, soit de pro-
fonds ravins creusés l'hiver par les torrents, soit
des cours d'eau qui coulent silencieusement
entre deux roches abruptes et tellement hautes,
tellement à pic que la tête nous tournait sur le
bord. Pas un être vivant ne se montrait dans ces
sauvages solitudes, et malgré moi j'éprouvais
une sorte de terreur en nous voyant toutes les
deux à la merci du guide à pied qui nous précédait. J'avais déjà lu beaucoup de romans, et mon
imagination peuplait de brigands, de chasseurs
fantastiques ces déserts boisés. Au départ, je n'a-
vais pas pris garde à la figure de notre guide ;
mais en route je fus frappée de cette figure an-
guleuse et pâle, qu'accompagnaient de longs
cheveux plats, et du feu de ces yeux ombragés
par d'épais sourcils. De temps en temps, ma
mère lui disait quelques mots en breton : il répondait brièvement et d'un ton rogue. Pourtant
après deux heures de marche, qui me parurent
interminables, nous arrivâmes sans encombre au
pauvre hameau de Kérikel et à la maison rustique de mon oncle. Là, je retrouvai avec une vive
joie une de mes cousines de Pontscorff, ma bonne

Constance : elle nous avait précédées de quelques jours. Rien de plus triste que cette demeure située au milieu des bois ; rien de plus sévère que mon oncle, de plus grave que ma tante, de plus ennuyeux que mes jeunes cousins. Tous étaient bons pourtant, bien bons ; mais l'influence de ce pays sauvage répandait un voile de tristesse sur tous les objets et assombrissait les individus eux-mêmes. Le ciel étant brumeux ce jour-là, je sentis s'augmenter l'ennui qui s'empara de moi dès mon entrée dans une maison où je devais passer trois journées seulement.

Une collation avait été préparée pour nous : aussitôt qu'elle fut finie, je m'échappai avec Constance, et nous allâmes nous enfermer dans la chambre qu'elle occupait au rez-de-chaussée, et qui ouvrait sur la basse-cour.

« Ah ! comment peut-on vivre ici, m'écriai-je en l'embrassant. Je mourrais d'ennui avant la fin d'une semaine passée dans ce triste séjour. »

Elle sourit et me répondit qu'elle y était restée pendant des mois, même en hiver ; qu'elle s'était ennuyée quelquefois, mais non pas au point d'en mourir.

Le récit de mes terreurs et de mes inventions

pendant la route l'amusa. Tout à coup elle me
dit : « Nous aurons le temps de causer ce soir ;
tu couches dans la même chambre que moi, car
voilà ton lit : il faut à présent que j'aille aider
Marie-Jeanne à la cuisine et que tu m'y suives,
à moins que tu ne préfères retourner au salon.

— J'irai plutôt partout où tu iras, » m'écriai-je ;
et pour la première fois de ma vie je vis en détail une étable, une bergerie et une vraie cuisine
de campagne : c'est tout dire. Chacune de ces
choses-là m'inspirait de l'attrait ; j'aimais encore mieux aller et venir au milieu des hôtes de
la basse-cour, aider même à quelques petits
soins de ménagère que de retourner au salon, où
j'avais aperçu ma mère, ma tante et mon oncle
assis l'un devant l'autre et causant gravement.

Le reste de la journée me parut démesurément
long ; enfin le soir je me retrouvai seule avec
Constance, et nous pûmes jaser en toute liberté ;
mais la fatigue de la journée me décida à abréger
la veillée.

Depuis peu de temps je dormais de ce premier
sommeil si profond, surtout au jeune âge, lorsque
tout à coup un bruit singulier me réveilla en sursaut. Je me mis sur mon séant et, le cœur palpi-

tant, j'écoutai : puis, me jetant à bas de mon lit, je courus me réfugier dans celui de Constance, en lui disant : « Entends-tu? entends-tu ?»

— Qu'y a-t-il ? Qu'est-ce ?

— Écoute !

— Eh ! mon Dieu, dit-elle, ce sont les loups qui grattent à notre porte. N'aie pas peur : cette porte est solide... Comme tu trembles, poltronne !

— Ah ! Constance, s'ils allaient entrer.

— Ne crains rien, te dis-je ; tout est solidement fermé ; nous avons ces alertes-là presque chaque nuit.

— Et mon oncle qui est chasseur ne tire pas sur ces vilaines bêtes?

— A quoi bon ? La nuit, il ne serait pas sûr de de son coup, et un loup blessé devient furieux : dans quelques instants, lassés de leurs vains efforts, ils iront heurter ailleurs. »

Le sang-froid de ma cousine me rendit le courage ; je ne pouvais cependant m'empêcher de tressaillir lorsque des attaques plus vives ébranlaient la porte. Je ne voulus pas quitter Constance, qui, me traitant en enfant effrayée, me raconta toutes sortes de choses pour distraire ma pensée du danger que je croyais courir.

« Voyons, tâche de dormir, dit-elle enfin ; je regrette pour toi que tu n'aies pas voulu partager la chambre de ta mère, qui est au premier sur le jardin.

— J'avais tant envie de causer librement avec toi ; mais j'avoue que si j'avais su l'aubade qui nous serait donnée... Le vilain pays... et la triste maison...

— Oui, bien triste, dit Constance en soupirant ; mais il faut dormir. »

Le lendemain, après le déjeuner, mon oncle et ma tante nous promenèrent dans leur domaine ; promenade qui acheva de me pénétrer d'ennui. Quelle différence entre Lorient et Quimperlé et ces sombres forêts, ces rochers nus où l'on n'avait pas même quelque échappée de vue ! Pour comble d'infortune, le ciel resta couvert pendant les trois jours que nous passâmes en ce lieu, où j'apprenais (c'était la première fois de ma vie) la contrainte qu'imposent les convenances envers des personnes hospitalières et bonnes, mais avec lesquelles il n'existe aucun point de contact. Constance à son tour voulut me faire voir une autre partie du pays ; nous cheminions tranquillement, lorsque tout à coup je m'arrêtai en montrant de la main un énorme chien qui nous regardait.

« Ce n'est pas un chien, me dit tranquillement Constance ; c'est un loup.

— Un loup ! » et j'allais prendre ma course ; mais Constance me retint.

« Tiens-toi tranquille ; il passera son chemin sans. nous attaquer. »

Le loup passa en effet sans daigner nous accorder un regard. Nous étions parties pour aller voir les préparatifs déjà commencés par des sabotiers, qui devaient venir l'hiver suivant établir leur camp dans un quartier de la forêt; mais j'insistai pour retourner à la maison, car je craignais de rencontrer encore un autre loup.

« En voici un, me dit Constance, qui riait de mes terreurs. »

Je me rapprochai d'elle vivement et je vis apparaître entre les arbres un paysan vêtu de grosse toile.

« C'est M. de Ker... ajouta Constance en baissant la voix ; un des gentilshommes du pays.

— Un gentilhomme ! mais il est vêtu comme un paysan.

— Pas tout à fait. Regarde : sa veste n'est pas de la même coupe que celle de nos *pétras ;* au lieu de larges braies, il porte un pantalon; ses cheveux sont coupés et une casquette remplace le chapeau à larges bords. M. de Ker... appartient à l'une des plus nobles familles de la contrée.

— Est-ce que tous les gentilshommes de ce pays sont taillés sur ce modèle? demandai-je à Constance.

— A peu près; ce sont tous de grands chasseurs, de grands buveurs, de grands fumeurs, et aucun n'ouvre jamais un livre de sa vie... M. de Ker... nous a aperçues. Il ne sait pas trop s'il doit nous aborder; c'est un vrai loup à figure humaine. Je vais le saluer la première, afin que tu puisses le contempler à ton aise. « Bonjour, M. de Ker..., dit-elle en élevant un peu la voix (le gentilhomme nous regarda d'un air étonné). Les diamants sont-ils abondants? » Et Constance fit quelques pas au-devant de M. de Ker.., qui se décida, mais visiblement à regret, à soulever la visière de sa casquette.

« Comme ci, comme ça, répondit-il d'un air niais; et il tira de sa poche une poignée de petits cailloux transparents, semblables à ceux qu'on trouve aux bords du Rhin.

— Combien de jours avez-vous passés à chercher tout cela, M. de Ker... ?

— Des jours ? des mois. Si cela venait de loin,
les joailliers en feraient quelque cas ; mais comme
cela vient de nos rochers, ils le dédaignent. *Ma
plus aimée* ne les dédaignera pas. » Ces mots furent accompagnés d'un sourire si étrange, que je
dis à Constance : Allons-nous-en , je t'en con-
jure, allons-nous-en.

— Bon courage, M. de Ker... j'admire votre
patience : que Dieu vous garde. » Et nous passâmes en le saluant.

Il nous suivit pendant quelque temps, car j'entendais le bruit de ses lourds sabots qui écrasaient
les feuilles et les branches sèches.

« Ne pressons point le pas, me dit ma cousine :
s'il s'aperçoit que tu as peur de lui, il nous donnera la chasse.

— Pourquoi lui as-tu parlé ?

— Parce qu'avec un pauvre idiot tel que celui-
ci, il faut aller hardiment à l'abordage, comme
dirait mon oncle. Quand il verra que nous ne
prenons pas garde à lui, il retournera chercher
dans ses rochers la parure qu'il destine à sa plus
aimée.

J'avoue que je vis poindre avec grand plaisir le jour où nous devions dire adieu à Kérikel : ma cousine ne pouvait nous accompagner ; on avait encore besoin d'elle dans cette triste demeure. Bonne et serviable par nature, Constance partageait sa vie entre sa mère, ses sœurs, une tante qui habitait Lorient et une autre tante qui habitait Kérikel. Son existence entière était remplie par l'accomplissement des devoirs de famille.

Une fois en route avec ma mère chérie, je repris ma gaieté. Quelques saillies malignes m'étant échappées, ma mère me dit qu'elle me priait d'épargner des lieux remplis pour elle de bons souvenirs. Élevée à la campagne, elle était venue dans sa jeunesse plusieurs fois à Kérikel ; elle y avait goûté quelques plaisirs, parce que dans ce temps, des cousines, jeunes comme elle et comme elle accoutumées à la vie des champs et des bois, voyaient les objets sous un tout autre aspect que moi, élevée dans une grande ville. A ce propos ma digne mère me fit remarquer que l'habitude émousse toutes les aspérités et embellit tout. Je l'ai éprouvé depuis ; mais alors impatiente et aimant par-dessus tout à rire, il m'était impossi-

ble de comprendre que jamais Kérikel pût devenir même supportable.

Notre petit voyage se fit sans encombre, et
lorsque nous arrivâmes au sommet de la longue
rue de Quimperlé, terminée au bas par l'église et
par la maison de ma grand'tante, tout à côté, je
mis mon cheval au galop, malgré la rapidité de la
descente.

« Me voilà! me voilà de retour! les loups ne
m'ont point mangée, criai-je en passant devant la
fenêtre d'Adèle. Viens ce soir, » Et je continuai
ma route sans m'arrêter. Plusieurs personnes
ainsi qu'Adèle avaient mis la tête à la fenêtre au
bruit inusité dn galop d'un cheval.

Adèle fut ponctuelle au rendez-vous, et nous
nous réfugiâmes dans une embrasure de fenêtre
pour jaser tout à notre aise.

« Ton absence m'a paru bien longue, me dit
Adèle.

— Et à moi aussi, ma cousine, dit Yvon, qui
s'était timidement approché de nous.

— Je ne sais véritablement pas comment je
ferai, quand tu seras partie pour tout de bon.

— Et moi donc, ma cousine, murmura Yvon,
vous avez été si bonne envers moi !

— Écoutez, monsieur Yvon, reprit Adèle, nous avons à causer, Sophie et moi, de choses très-importantes. Après le souper, où je ne reste pas, vous aurez le loisir de lui parler à votre tour. »

Yvon se retira d'un air confus.

« Il s'émancipe un peu trop, M. Yvon, me dit Adèle : voyons, parlons de nos affaires. »

Ces affaires étaient la partie de vert qui menaçait de se rompre presque au moment où elle venait d'être formée. Quimperlé est une charmante petite ville ; mais c'est une petite ville où tout le monde ne vit pas dans un parfait accord. Adèle me raconta des discussions, des querelles survenues pendant notre absence, et elle termina en disant : « Si la fête n'a pas lieu, j'irai toujours passer quelques jours à Pontscorff chez ma marraine, et nous trouverons moyen de nous amuser, tu verras. »

Le moment de quitter Quimperlé arriva. Dès mon entrée à Pontscorff, chose singulière, l'esprit de moquerie m'avait quitté. A Quimperlé, il s'était manifesté quelquefois avec Adèle, comme moi trop prompte à voir les ridicules ou bien à en gratifier les gens. Je ne laissai donc ici que de bons souvenirs : ma grand'tante, les cousines et

les cousins de ma mère, mes oncles et mes tantes
(à la mode de Bretagne), tout le monde m'avait
prise en affection. De mon côté je n'emportai
aussi que des impressions agréables de cette jolie
ville, qu'un poëte a célébrée dans une chanson
dont un seul couplet m'est resté dans la mémoire.

> Nous n'avons point de voitures,
> De grands bals, ni d'opéras ;
> Mais en de simples parures
> Brillent ici mille appas.
> Aimez-vous, grâces naïves,
> Esprit, amabilité,
> Venez, venez sur les rives
> De l'Isole et de l'Elée.

Je ne dois pas oublier non plus, à propos de
Quimperlé, de faire mention de son excellent
pain à la levûre de bière et au lait, presque
aussi renommé que les miches de Pontscorff :
on est gourmet et gourmand dans ma chère Bretagne.

Adèle tint parole ; elle vint à Pontscorff, et
nous trouvâmes moyen de rire et de nous amuser
sans plus nous inquiéter de la partie de vert.

Yvon vint à son tour nous faire une visite. Plus
embarrassé, plus gauche que jamais, il crut de-

voir expliquer sa présence en disant qu'il avait désiré s'assurer par lui-même si je réussissais à faire des bagues de crin. Il m'apportait de nouveaux matériaux et une nouvelle nomenclature pour compléter celle qu'il m'avait donnée. Le pauvre garçon était venu à pied, et devait s'en retourner de même. Ma bonne mère lui fit accueil; elle savait combien il était malheureux, et, sous cette enveloppe peu séduisante, elle avait deviné un excellent cœur. J'étais dans de très-bonnes dispositions pour lui; mais il m'ennuyait, et malgré moi l'envie de rire me prenait, lorsque je le voyais assis tout droit sur une chaise, les deux mains appuyées à plat sur ses deux genoux dans l'attitude des anciennes cariatides égyptiennes, tout aussi immobile, et ne me quittant pas des yeux.

Le soir, au moment de son départ, nous lui fîmes toutes la conduite. Comme nous allions nous séparer, il me dit en balbutiant et en m'offrant un tout petit paquet enveloppé de papier blanc : « Ma cousine… j'ai quelque chose pour vous…. Oh! n'ouvrez pas à présent. » Et vite il se rapprocha de ma mère.

J'étais très-impatiente da savoir ce que con-

tenait le petit paquet; aussi, dès qu'Yvon fut
hors de vue, je défis le papier : c'était une bague
de crin, mais une bague incomparable, et qui
avait dû coûter beaucoup de travail. Le chaton
était composé de cinq branches, et représentait
un cœur percé d'une flèche avec ces mots : *Pour
toi seule il soupire.* Je me mis à rire comme une
folle. Adèle, mes cousines suivaient mon exemple
à mesure que la bague passsait de main en main.
Ma mère seule ne riait pas : son air sérieux me
déconcerta : les rires cessèrent, et d'un mot ma
mère vénérée nous fit rentrer en nous-mêmes :
« Une affection vraie, dit-elle, quel que soit le
nom qu'on lui donne, n'excite la risée que des
esprits étroits et des cœurs secs. »

Nous passâmes quelques jours encore à Pontscorff, et nous retournâmes à Lorient où nous devions prendre nos quartiers d'hiver. Je revenais
dans ma ville natale un peu meilleure que je n'en
étais partie deux mois auparavant; mais je m'é-
tais fait une réputation de moqueuse qui devait
vivre longtemps, et quoique je me montrasse
plus affectueuse et moins disposée à rire des
ridicules d'autrui, je ne retrouvai pas ici les
témoignages d'affection auxquels je m'étais si

doucement accoutumée à Pontscorff et à Quimperlé.

Ne voulant pas que je perdisse mon temps, ma
mère me donna un maître de dessin, afin que je
pusse continuer les études commencées; je faisais des fleurs artificielles avec une de ses anciennes amies, et malgré moi, bien malgré moi,
il me fallut acquérir l'humble talent de tricoteuse
de bas. Combien plus tard, je remerciai ma mère
de sa persistance à ce sujet! En 1809, on ignorait l'art du tricot, porté aujourd'hui à un degré
de perfection incroyable; il n'était question ni de
dentelles, ni de tricots à jour, et bien conduire un
bas etait le comble de l'ambition de la plupart
des jeunes filles; ambition que je ne partageais
nullement. J'apprenais aussi de mes tantes, adroites comme des fées, à broder en soie et en or des
ornements d'église; fort peu travailleuse jusqu'a-
lors, je ne sentais pas naître en moi le plaisir
qu'on goûte dans les occupations variées. J'aurais voulu être toujours en route et en fêtes,
comme pendant les deux mois qui venaient de
s'écouler. De temps en temps, nous allions aux
différents *pardons*, dans les environs de Lorient;
partout se reproduisaient les mêmes scènes, et

3.

je ne me lassais pas de m'étonner du mélange bizarre que font nos paysans, d'une piété sincère, mais peu éclairée, de quelques superstitions de l'ancienne Armorique et du plaisir très-mondain de la danse. Plus tard, j'ai pu reconnaître que l'esprit humain, cultivé ou non, sait accorder entre eux les contrastes les plus frappants.

Il avait été souvent question de visiter le Port-Louis, cette sentinelle avancée de la rade de Lorient. L'idée d'un voyage sur mer m'enchantait ; d'abord assez indifférente à ce qui fait l'admiration de tout le monde, à la vue de l'Océan, je commençais à me passionner pour cette vaste étendue d'eau salée qu'on découvre du sommet de la tour. Au premier coup d'œil, elle m'était apparue presque aussi unie qu'un miroir ; puis je l'avais vue *moutonner*, les vagues monter, grandir, s'élever comme des montagnes, et j'avais enfin compris la poésie de la mer.

La distance du Port-Louis à Lorient n'est que d'une lieue et un quart, cinq kilomètres ; le trajet se fait en canot et, sans présenter de grands dangers, il n'est pas toujours facile par une mer houleuse.

Le jour pris enfin, nous allions partir, lorsque

Yvon arriva : le laisser seul au logis n'était pas possible ; il fut donc admis à faire partie de la bande joyeuse, qui se composait de sept ou huit jeunes filles et de trois ou quatre mamans et tantes. Toutes, nous nous étions munies de branches de feuillage : ces branches devaient nous servir de parasol en pleine mer. Yvon, fort embarrassé de sa contenance au milieu de toutes ces rieuses, prit place modestement à l'arrière du canot. *L'ancre est levée*, nos mariniers entament l'eau avec leurs avirons, et nous voilà en route par un soleil magnifique et par une mer calme et douce. Malheureusement pour Yvon, une de mes tantes l'avait fait changer de place, et il se trouvait au milieu de nous toutes, jeunes folles, qui ne demandions pas mieux que de lui faire des niches. Je ne sais comment la chose arriva, mais un de nos rameaux ayant trempé dans les flots passa en se relevant sur la tête du pauvre Yvon , un second rameau suivit l'exemple du premier, et le malheureux garçon aurait été arrosé jusqu'à l'arrivée, si les mamans n'étaient intervenues pour faire cesser cette mauvaise plaisanterie.

Je n'avais pas encore vu de citadelle ; celle du Port-Louis est des plus remarquables, mais la ville est mal percée, mal bâtie. Pas un arbre dans ce triste amas de pierres de taille ; pas d'autre vue que la mer, toujours la mer, toujours la mer. Nous étions adressées à l'officier qui commandait alors le Port-Louis. Il eut la bonté de nous faire visiter l'église, qui est d'une élégante architecture; les casernes, les casemates, les pavillons destinés aux officiers ; puis il nous mena à sa demeure, où nous fûmes reçus cérémonieusement par sa fille, mademoiselle Céleste, dont le nom formait un étrange contraste avec la personne qui le portait. Mademoiselle Céleste, grande, maigre et jaune comme son père, semblait en vérité avoir été bâtie tout exprès pour habiter dans ces murailles sans verdure, ni fleurs. — Raide, compassée et prétentieuse, elle trouva moyen de nous faire savoir qu'elle était musicienne, qu'elle jouait de la lyre. — A ce mot de lyre, je la regardai tout ébahie. Une lyre était pour moi quelque chose de tout à fait grec, de tout à fait mythologique : une lyre dans les temps modernes! La lyre fut apportée, et mademoiselle Céleste, après avoir passé bien du temps à la mettre d'accord, joua et chanta quelques morceaux avec un vrai talent d'écolière. On applaudit cependant ; car, hélas ! la politesse exige certains petits mensonges. Nos mères invitèrent le commandant et sa fille à venir partager avec nous, sur la place d'Armes, seul endroit où il y eût alors du gazon, les provisions que nous avions apportées de la ville. Tous deux, après quelques façons, acceptèrent.

Le commandant nous raconta l'histoire du Port-Louis, depuis sa fondation, qui date de 1635, et comment le modeste bourg, connu sous le nom de Blavet, est devenu, grâce à Louis XIV, une place forte très-importante pour la rade de Lorient.

Mademoiselle Céleste, de son côté, nous donna quelques détails sur la manière de vivre dans cette citadelle ; la conversation était intéressante, mais elle n'était pas gaie, aussi entendîmes-nous avec un grand plaisir nos mariniers nous avertir qu'il était temps de reprendre le chemin de Lorient.

Le commandant et sa fille nous accompagnèrent jusqu'à la rade. Le premier, après avoir jeté un coup d'œil sur l'horizon, dit aux mariniers :

« Mes gars, il faut jouer des avirons, et ferme !

— Connu, commandant, répondirent-ils ; seulement il faut que la cargaison se tienne tranquille et ne crie pas pour un peu d'eau salée que nous embarquerons. »

Nos mères se regardèrent avec inquiétude.

« Ne vous tourmentez pas, mesdames, ajouta le commandant, s'il doit y avoir un grain, ce ne sera que fort avant dans la soirée, et après votre retour chez vous ; vous aurez seulement une mer un peu moutonneuse. »

L'envie de rire nous avait passé à toutes ; nous nous embarquâmes en disant adieu au commandant et à sa fille, et nous nous assîmes sur les bancs du canot en nous serrant les unes contre les autres. Yvon avait trouvé moyen de se placer près de moi, tout au bord du canot. Muet pendant la journée entière, il recouvra la parole pour me dire :

« Ne craignez rien, ma cousine ; j'ai fait un jour ce voyage par une houle affreuse, malgré laquelle nous sommes arrivés à bon port. Il faudrait seulement persuader à toutes ces demoiselles de se tenir tranquilles, et, si le canot penchait d'un côté, de ne pas se précipiter de l'autre côté toutes à la fois.

— Dites-le-leur, mon cousin, elles vous croiront plutôt que moi, répondis-je. »

Mais Yvon était trop timide pour élever la voix et pour oser donner des instructions à une troupe de jeunes filles. Heureusement, nos mères, nos tantes avaient fait plusieurs fois ce petit voyage ; elles recommandèrent surtout l'immobilité.

J'étais fort émue, mais pas effrayée cependant. Ma mère était assise derrière moi, Yvon, le bon Yvon était placé à mon côté ; que pouvait-il m'arriver de mal? Peu à peu je repris ma liberté d'esprit, et je pus jouir de la vue d'un soleil couchant magnifique qui diaprait les flots de pourpre et d'or. La mer était bien belle ainsi. Absorbée dans cette contemplation, je sentais à peine le mouvement de bascule imprimé au canot par les vagues, qui tantôt montaient, tantôt s'affaissaient; nos matelots, gens experts dans leur métier, ramaient avec vigueur, et secondé par la marée montante, le canot marchait rapidement vers le port. Ainsi qu'il avait été prédit, nous embarquâmes quelques lames d'eau salée. La première fut reçue avec un peu d'effroi, mais nous accueillîmes les autres avec de joyeux éclats de rire, en nous moquant du bain de pied que nous prenions.

bon gré mal gré... Enfin nous arrivâmes sans accident.

Je n'avais jamais vu l'hiver qu'à Paris ou bien
à Versailles. A Paris, des rues boueuses; à Versailles, des rues glaciales où la neige séjournait
alors aussi longtemps que les rayons du soleil ne
la faisait point disparaître. Mais l'hiver, dans les
grands bois que fréquentent rarement quelques
piétons, présente un aspect dont je fus frappée.
Il n'était plus possible d'aller à Pontscorff par les
bateaux des blanchisseuses: le trajet fait ainsi était
interminable; nous nous y rendions à pied par
les beaux bois couverts de neige. J'étais devenue
marcheuse. Ma mère et moi, nous faisions nos
deux lieues, en suivant les sentiers dont la terre
durcie rendait la marche plus commode. Le surlendemain, nous revenions à Lorient, en rame-
nant presque toujours une de mes cousines. A
Paris et à Versailles, le bruit des fêtes qui rem-
plissent les veillées pour les heureux de la terre,
n'était jamais parvenu jusqu'à moi. A Paris comme
à Versailles, j'avais toujours vécu avec ma mère
chérie dans une solitude profonde et loin de tous
les bruits du monde; mais à Lorient, le retentis-
sement des fêtes de la préfecture venait résonner

à mon oreille, ainsi que le récit des bals donnés par la bourgeoisie et le commerce.

N'ayant aucune idée de ce que pouvaient être ces plaisirs si vantés, si enviés, je m'étonnais beaucoup d'entendre mes cousines, les jeunes filles de ma connaissance, regretter amèrement de ne pouvoir y prendre part. Toutes me disaient : « Tu seras bien heureuse, l'an prochain, tu verras de beaux bals, de superbes fêtes, » et elles paraissaient, surprises du peu d'impression que cet espoir faisait sur moi. C'est que dès lors je me sentais peu faite pour le monde. Le seul plaisir que je connusse, celui de la danse, était pour moi une véritable passion ; mais danser au son de plusieurs violons et dans de beaux salons ne pouvait, à mon avis, être plus désirable, plus charmant que la danse aux fêtes champêtres et animée seulement par le biniou et le hautbois. Je ne comprenais pas davantage les délices de la toilette ; ce que je sentais vivement, c'était la joie de vivre en famille, joie ignorée jusqu'alors.

J'aimais, mais non de la même manière, toutes mes cousines, et pour la première fois je goûtais les douceurs d'une tendre amitié. *Mon amie de cœur* était Pascaline : les liens du sang nous unis-

saient. Qu'elle était jolie ! quand elle venait passer
quelques jours à Lorient, je prenais plaisir à la
parer de ce que j'avais de plus élégant, et je me
sentais fière d'elle, lorsque, sur le Cours, promenade du beau monde, je la voyais regardée avec
admiration, et lorsque j'entendais ces mots : « La
jolie personne! » Mais Pascaline, qui comptait
quatre ans de plus que moi, me traitait souvent
en enfant, ce qui me dépitait, et se moquait de la
jalousie que m'inspirait une amie de son âge, que
tout naturellement elle me préférait. Joies et tourments de la jeunesse, que vous créez des souvenirs durables et doux; vous avez été passagers,
et cependant vous laissez dans le cœur une empreinte ineffaçable!

Ma mère vénérée, avant de partir pour la terre
étrangère, habitée depuis longtemps par mon
père, qui nous appelait auprès de lui, avait voulu
retremper son âme au sein de ses deux familles,
et faire vibrer dans le cœur de sa fille les cordes
encore ignorées de l'amour des siens et de la terre
natale. Son but fut atteint; car une année de séjour en Bretagne suffit pour me faire pratiquer à
toujours le culte de la famille, et pour développer
en moi cet amour du pays, si enthousiaste dans

la jeunesse, et si profondément enraciné dans l'âme des Bretons.

Le moment des adieux arriva ; nous partîmes comblées des dons de tous ces bons parents, que nous quittions sans espoir de les revoir jamais, et, les yeux baignés de pleurs, nous reprîmes la route de Paris.

LIVRE II

UN SONGE

1

Ceux qui ont traversé les révolutions, savent
que ces grandes secousses politiques se font sentir jusque dans les plus humbles demeures : ici,
elles apportent la ruine; ailleurs, elles ouvrent
une carrière plus ou moins brillante, qu'une autre
révolution ferme souvent au moment où la fortune
semblait prête à répandre toutes ses faveurs.
Notre famille avait éprouvé l'effet de ces grandes
crises, et mon père, qui devait être archi-
tecte comme mon grand-père, était entré au

service en 1792. — Homme instruit, homme
d'esprit et de cœur, j'ose le dire, il tarda peu
à devenir, de simple soldat volontaire, officier du
génie. En 1807, il avait passé du poste de commandant de place à Osnabrück au service du prince
Jérôme Napoléon, roi de Westphalie. Le roi l'a-
vait bientôt distingué; mon père, lieutenant-
colonel du génie westphalien, était depuis trois
ans chef du personnel au ministère de la guerre.
— Cette position, qui s'annonçait comme devant
être stable, lui permettait d'appeler près de lui
sa femme et sa fille, dont les hasards de la guerre
l'avaient tenu éloigné depuis tant d'années. C'é-
tait donc en Westphalie que nous devions nous
rendre à notre retour de Bretagne. J'étais ravie
à l'idée de ce grand voyage; ma mère vénérée y
voyait l'absence de la patrie, un exil, volontaire
sans doute, mais qui pouvait se prolonger pendant bien des années. A seize ans, l'avenir déjà
si brillant par lui-même, se trouvait encore pour
moi embelli de tout ce que mon imagination pouvait rêver de joie de la réunion avec mon père,
et des jouissances encore inconnues au milieu
desquelles allait me placer le rang que nous
étions appelés à tenir sur la terre étrangère.

Jusqu'à ce jour, j'avais vécu au sein de la plus stricte économie, aussi étais-je enchantée d'avoir à faire des emplettes de toilette, de parure même, et, follement, je m'estimais beaucoup plus, depuis que tant de jolies choses étaient accordées à ma vanité.

Le voyage fut long, car en ce temps-là on n'avait que les lourdes diligences. Disposée comme je l'étais à la gaieté, je m'amusai infiniment des changements qui eurent lieu en route, parmi les voyageurs se renouvelant sans cesse. Nous devions nous arrêter à Mayence, où mon père avait promis de venir nous chercher. Ma mère et moi nous aurions passé tristement nos journées à l'hôtel, si madame de B., qui avait fait route avec nous depuis Metz et qui m'avait prise en amitié, n'avait déclaré qu'elle resterait à Mayence aussi longtemps que nous. Elle offrit de nous servir de cicerone pour voir les environs, et avec elle nous allâmes visiter les bords du *Vater Rhein* (1), comme disent les Allemands, Wiesbaden et la chambre mortuaire du cimetière de Mayence.

(1) *Père le Rhin*, c'est ainsi que les Allemands appellent le fleuve majestueux qui arrose une grande partie de l'Allemagne.

Dans cette chambre, les morts sont conservés pendant trois jours; le cercueil reste découvert, et à chaque doigt de chaque main sont placés des espèces de dés surmontés de fils de fer, qui vont tous aboutir à un cordon de sonnette. Ce mécanisme est si mobile, que le plus léger mouvement suffirait pour mettre la sonnette en branle, s'il n'y avait que léthargie ; mais ce fait n'arrive pas une fois en deux ou trois cents ans, et les gardiens ne purent nous dire que, de mémoire d'homme, aucun d'entre eux eût jamais été appelé par le mouvement de la sonnette. Depuis les conquêtes des Français en Allemagne cet usage était tombé en désuétude. J'ignore s'il a été rétabli.

Ce fut dans le beau parc de Wiesbaden que, pour la première fois, je pris une idée du flegme germanique. Nous nous y étions rendues un dimanche ; pendant que les papas fumant tranquillement leurs pipes, et les mamans vidant doucement leurs verres de bière, entouraient des guéridons placés sur la pelouse et sous la feuillée, les jeunes gens et les jeunes filles dansaient, d'un air sérieux, soit une écossaise, soit une valse au mouvement lent et cadencé.   bleau était vraiment joli, et digne de Téniers. Mais ce qui me charmait toujours, c'était la vue du Rhin ; nous sommes restées souvent, par un beau coucher du soleil, debout sur le pont de bateaux, en contemplation devant les bords du fleuve majestueux, que varie l'aspect des bois, des rochers et des ruines.

Une lettre de mon père arriva, et nous apprit qu'il ne pouvait venir nous chercher ; il fallait donc achever seules le voyage à travers un pays dont nous ignorions la langue. Heureusement madame de B. se rendait, ainsi que nous, à Hesse-Cassel.

Nous vîmes en passant la jolie ville de Francfort, toute fleurie, toute verdoyante, car nous étions dans la belle saison. Déjà les sons gutturaux de la langue allemande avaient frappé mon oreille; mais jusqu'alors quelques mots français venaient encore s'y mêler. Maintenant, à mesure que nous avancions, le pur allemand dominait seul, et volontiers j'aurais dit avec ce naïf Français, tout émerveillé d'entendre petits et grands enfants parler une langue qui lui était étrangère : *Jusqu'aux enfants au maillot qui comprennent cet affreux baragouin; est-ce croyable ?*

Ce qui surtout me charmait c'étaient les sons du cor de nos postillons; tout en courant à franc étrier, ils faisaient entendre quelques airs populaires, tantôt guerriers, tantôt mélancoliques, et parfois même de graves mélodies empruntées aux célèbres compositeurs allemands, anciens ou modernes. Presque tous étaient bons exécutants. Les Allemands naissent musiciens; dès lors je pus voir un piano dans la *Wohnstube* (1) de la plus misérable auberge et de la demeure la plus humble. Paysage, costume, cuisine même, tout était changé, et dans l'intérieur de la diligence je voyais les échantillons de quatre nations différentes : madame de B., qui prétendait être Polonaise, un jeune Allemand, page du roi, enfin un Suédois et un Danois. Il me serait impossible de dire les bons rires qui eurent lieu pendant cette dernière partie du voyage. Tout ce monde-là était jeune et ne demandait qu'à s'amuser. De même que j'avais ignoré longtemps l'amour de la terre natale, de même à cette époque j'ignorais encore l'amour de la patrie. J'entrais donc, sans soucis,

(1) Mot à mot : chambre d'habitation ; espèce de parloir ou de petit salon dans lequel la famille se tient habituellement et reçoit les visites sans cérémonie.

sur la terre étrangère, et souvent je m'étonnais des larmes qui brillaient dans les yeux de ma mère.

La ville de Hesse-Cassel est située sur le sommet d'une montagne assez élevée. Pendant que les chevaux gravissaient lentement une côte fort raide, le jeune Allemand me montrait avec une sorte d'orgueil national, et dans le lointain, la statue colossale d'Hercule qui couronne le château d'eau de *Napoleonshoe :* cette statue est visible à huit lieues à la ronde, et, à cette distance, on la prendrait pour celle d'un homme de très-petite taille. — Pourtant, ajoutait le jeune Allemand, dans la massue de l'Hercule, tient à l'aise une table de seize couverts.

Enfin, nous entrons dans Cassel; mais il était nuit, et ce fut seulement plus tard que je fis connaissance avec les environs de la ville.

Mon père, qui ne pouvait souffrir de donner en spectacle les émotions de famille, n'était pas venu au-devant de nous à l'arrivée de la diligence ; il avait deviné les pleurs, les sanglots de ma mère qui ne ramenait plus auprès de lui que leur fille, et qui avait laissé en France, dans le champ du repos, ses deux fils. François, le mé-

thodique François, élevé par lui-même au grade
de valet de chambre de mon père, nous reçut
seul, à la descente de la diligence, et, après que
nous eûmes pris congé de nos compagnons de
voyage, il nous conduisit à la demeure provisoire
dont mon père avait fait choix pour nous trois.

Le lendemain de notre réunion, mon père mettait à ma disposition la somme *énorme* de cin-
quante thalers ou deux cents francs, en me disant
que je pouvais la dépenser à ma fantaisie, sans
en rendre compte à personne. Deux cents francs!
que faire de tant d'argent? J'apportais de Paris
d'assez jolies modes, très-simples, comme il con-
venait à mon âge, et je n'avais en réalité besoin
de rien. Pourtant une multitude de besoins vinrent à éclore; d'abord, il me fallait de toute nécessité un chapeau de paille d'Italie à la Paméla,
et une guirlande de roses blanches pour en en-
tourer la forme. C'était ce qu'il y avait de plus
nouveau et de plus en vogue. Il me fallait ensuite
une écharpe appelée zéphire; du tricot de Berlin,
dont j'avais entendu parler, pour faire des fichus;
que sais-je encore? Mon père m'autorisa à me
faire accompagner par François, et à visiter les
marchands de la vieille ville, pendant que ma

mère vénérée, fatiguée du voyage, prenait quelque repos. En Allemagne, comme en Angleterre.
les jeunes filles jouissent d'une grande liberté ;
elles peuvent sortir seules ou accompagnées d'un
domestique.

François marchait à côté de moi et non derrière moi, ce qui me dépitait beaucoup. Hélas !
l'orgueil du rang, celui de la richesse (je me
croyais riche avec deux cents francs) s'étaient dé-
veloppés aussi rapidement que les champignons
par un jour de pluie, chez la jeune fille qui, peu
de temps auparavant, devait se servir elle-même,

Après m'être contenue quelque temps, je finis
par dire à François, d'un ton assez sec : « Ce n'est
pas à côté de moi, c'est derrière moi que vous devez marcher.

— Mamzelle, répondit François, qui parlait
boudet, *ze* suis valet de *sambre* et *ze* ne suis pas
laquais (et il regarda d'un air de complaisance
son habit noir). *Z'aime* bien monsieur, mais
monsieur sait bien que *ze* ne monterai *zamais*
derrière une voiture.

— A moins que la cravache ne s'en mêle, répondis-je malignement. »

A ces mots, François rougit jusqu'au front.

4.

« Le temps de la *cravasse* est passé. Monsieur a
pu se permettre ça quelquefois lorsque s'*étais* petit garçon, mais à présent..... » et il se ren-
gorgea.

Rien de noir, rien de vilain, comme la vieille
ville aux rues tortueuses, dans laquelle me conduisait François. Toutes les maisons, bâties en
pans de bois noircis par les siècles, étaient munies de pignons hauts et pointus, qui semblaient
menacer le ciel. Je ne pouvais croire que ce fût
là le centre du commerce de Hesse-Cassel ; pas
une boutique méritant ce nom, pas le moindre
étalage, si ce n'est un lambeau d'étoffe ou un
bout de ruban, flottant au gré du vent. A l'intérieur, on trouvait, pour commis-marchands, des
juifs aux mains malpropres, à la barbe et à la
longue robe sales, qui vous servaient révérencieu-
sement d'un air humble, mais sans se répandre en
éloges sur les marchandises qu'ils étalaient devant vous. Dans le nord de l'Europe, les juifs font
tous les genres de commerce connus, exercent
tous les métiers possibles ; et partout ces pauvres
enfants d'Israël, bafoués, conspués, reçoivent
avec humilité et sans révolte les mauvais traite-
ments dont ils sont l'objet. J'arrivais de France.

de Paris, et quoique je n'eusse jamais couru les
magasins, comme font tant de femmes et de jeunes filles, j'en avais cependant assez vu pour rester stupéfaite en présence de ces singuliers marchands. La fumée de tabac, qu'on respirait à
plein gosier, acheva de me donner un tel dégoût
que je sortis sans rien acheter. Je reprochai à
François de ne m'avoir pas conduite de préfé-
rence à quelques magasins décorés presque à la
Française, et qui se trouvaient à l'entrée de la
vieille ville. François répondit que là je payerais
tout le double plus cher ; mais peu m'importait :
j'avais deux cents francs à dépenser !

À mon retour, je ne possédais plus un seul *hel-
ler* (centime). Ma mère me gronda doucement de
ma prodigalité, et mon père me dit : « D'ici longtemps, ma fille, je ne te mettrai plus à semblable
épreuve. »

Il fallut songer à louer un appartement, à le
meubler ; cet appartement fut choisi au premier
étage d'une maison où demeurait M. de K***.
Ancien chargé d'affaires à la cour de France, M. de
K*** avait eu souvent l'honneur de voir Marie-
Antoinette. Il rappelait avec joie cet heureux
temps de sa vie, et ne parlait qu'avec respect et

vénération de toute la famille royale. Comme mon
père, il avait le ton de la bonne compagnie, et
cette déférence à la fois respectueuse et galante
pour les femmes, qui est si rare aujourd'hui. C'é-
tait avec toute l'indignation que lui inspirait un
chaud patriotisme, qu'il avait vu la Hesse, conquise par les Français, devenir le royaume de
Westphalie. Il vivait fort retiré, n'admettant chez
lui aucun Français et n'allant chez aucun. Mon
père seul était excepté de la proscription générale.
M. de K*** lui savait gré de la justice qu'il avait
montrée, dans la formation de l'armée westpha-
lienne, envers les officiers de l'électeur, et l'estimait aussi pour une probité sévère dont rien ne
l'avait jamais fait se départir. Ma mère vénérée
ne pouvait manquer de plaire à un homme de
cette trempe, et, en me voyant encore si simple,
si candide en tout ce qui touchait le monde, il me
prit en affection. Une fois que nous fûmes devenus ses voisins, il contracta l'habitude de venir,
presque chaque soir, me donner une leçon de
langue allemande. Sa présence m'était annoncée
par un parfum particulier, celui que répandait la
poudre blonde à la reine, dont il saupoudrait ses
cheveux blonds, mêlés de quelques fils d'argent.

Encore un peu moqueuse, je riais parfois, en moi-même, de ce vieux garçon, dont la tenue annonçait certaines prétentions; c'était un petit dédommagement que je me permettais pour me venger de ses leçons d'allemand, qui ne m'amusaient guère. J'avais la présomption de trouver les Hessois très-heureux d'être soumis à la domination des Français, et ceux-ci tout à fait généreux d'avoir bien voulu prendre la peine de les conquérir et de leur apporter les avantages d'une civilisation plus avancée, les grâces et les bonnes manières tout à fait inconnues de ces pauvres Allemands : aux vaincus il appartenait d'apprendre la langue des vainqueurs! On est souvent bien impertinent dans la jeunesse : fille, nièce, cousine de militaires et de marins, je n'estimais alors que la gloire des armes; depuis, j'ai placé bien plus haut les vertus qui distinguent le citoyen.

Heureusement pour moi, je n'avais eu que momentanément, à Versailles et en Bretagne, des compagnes de mon âge. Je compris bientôt que, dans ma nouvelle résidence, j'étais destinée à vivre seule, comme par le passé. Mon père, très-délicat en fait de connaissances nouvelles, craignait avec raison, pour sa fille, la contagion de

l'exemple, et, malheureusement, les jeunes Françaises qui se trouvaient à Cassel offraient peu de
garanties sous tous les rapports. Les relations
établies dans les premiers temps se bornaient
donc à trois familles allemandes. La première de
ces familles, celle de W***, faisait partie de l'antique noblesse germanique, et se composait d'un
père infirme, d'une mère valétudinaire, et d'une
gnadige Fraülein (noble demoiselle), qui me paraissait être très-vieille, car elle avait la trentaine,
ce qui ne l'empêchait pas de rêver encore un mariage d'inclination. Toute cette famille montrait
beaucoup de morgue, excepté envers mon père,
ma mère et moi; plus tard elle a fait preuve, envers deux pauvres femmes abandonnées, d'une
affection vraie. Quoique dans cette maison les
soirées fussent très-sérieuses, j'y allais volontiers,
car je sentais que je plaisais à ce pauvre vieillard, à cette mère malade, et que l'estime que
l'on portait à mon père rejaillissait sur sa femme
et sur sa fille. La seconde famille était celle du
vieux général de B***; il devait à mon père d'a-
voir vu reconnus ses droits à la retraite; il parlait
difficilement le français, ainsi que sa fille Mélusine, autre *gnadige Fraülein*, du même âge que

mademoiselle de W***. Enfin, la troisième famille
se composait de la veuve d'un évêque de l'Église
réformée, et de sa fille Charlotte ou Lolotte G***,
qui, elle-même, comptait bon nombre de printemps. J'allais souvent faire la partie du vieux
général de B***, et apprendre avec Lolotte G***
la manière de préparer les multitudes de petits gâ-
teaux dont on vous offre des corbeilles pleines à
chaque visite que vous faites dans la journée. Ces
personnes, toutes fort estimables, n'étaient pas des
plus amusantes; mais mon heureux caractère me
faisait accepter joyeusement les faibles distractions que je trouvais chez elles. Je savais d'ailleurs
que Mélusine de B*** avait promis de me servir de
chaperon lorsque s'ouvrirait la saison des bals.
La mauvaise santé de ma mère ne lui aurait pas
permis de m'accompagner, et mon père était heureux d'avoir trouvé une personne tout à fait digne
de protéger une jeune fille à son début dans le
monde. Ces bals en perspective me faisaient voir
avec grand plaisir la fin de la belle saison.

Grâce à quelques promenades, je connaissais
déjà fort bien la haute ville, avec ses rues larges,
ses hôtels et ses belles maisons. J'avais pu admirer, de la terrasse de la place Frédéric, un hori-

zon à perte de vue, et le parc, situé dans un val-
lon vers lequel on descendait par une rampe
douce. Mais, ce qui m'avait remplie d'admiration,
c'était la vue de la résidence d'été, appelée alors
Napoléonshoë. Aucune description ne pourrait
rendre la grandeur, la beauté des deux fleuves
factices qui descendaient en nappes brillantes du
sommet d'une haute montagne, et qui étaient en-
cadrés et bordés de larges tapis de gazon. Des
escaliers habilement pratiqués le long de ces tapis de gazon, permettaient aux promeneurs d'aller et venir, soit en montant, soit en descendant ;
lorsqu'on les regardait du bas de la montagne,
on croyait les voir marcher au milieu des eaux.
Le château d'eau, qui couronnait le sommet, servait de piédestal à la statue colossale d'Hercule.
Ailleurs, c'était un aqueduc rompu, d'où l'eau
s'échappait en bouillonnant sur des masses de
lierre et de verdure. Ailleurs encore, un jet d'eau
énorme semblait monter jusqu'au ciel, puis il re-
tombait en pluie abondante, que les rayons du
soleil faisaient étinceler de toutes les couleurs de
l'arc-en-ciel. Le château, de construction mo-
derne, attira beaucoup moins mon attention qu'un
petit édifice gothique, avec tourelles, pont-levis,

oubliettes, tour du nord, du midi, du couchant,
du levant, créneaux et machicoulis. Une des
aïeules du landgrave dépossédé par les Français
avait brodé l'ameublement de la plupart de ces
chambres en miniature. Ici, la tenture en tapis-
serie représentait une chasse ; ailleurs, quelqu'un
des faits héroïques de la maison régnante ; ce qui
me charma, surtout, ce fut un petit salon dont la
tenture était tout en perles de jais blanc. Le cicerone nous dit que ce petit château avait été
plusieurs fois habité par les landgraves ; les courtisans étaient alors obligés de revêtir le costume
des siècles précédents. Un nain, monté sur une
des tourelles, sonnait du cor pour annoncer l'arrivée de chaque visiteur. C'était la première fois
que je voyais un vrai manoir gothique portant
l'empreinte du temps ; mais, comme j'avais lu
beaucoup de romans et des descriptions sans
nombre de vieux châteaux, je retrouvais avec
plaisir, dans cette miniature, quelques-unes de
mes anciennes connaissances.

Dans la belle saison, le roi venait souvent passer une semaine à Napoléonshoë ; pendant ce
temps, il y avait spectacle tous les jours dans la
jolie petite salle, dont les loges, à un seul rang,

ne contenaient que des femmes richement pa-
rées, et dont le parterre ne présentait à l'œil que
les habits tout chamarrés d'argent et d'or des généraux et officiers supérieurs de l'armée. Dans la
loge royale se tenaient, derrière Leurs Majestés,
les dames du palais, les aides de camp, et les
chambellans de service. C'était un beau coup
d'œil.

Un jour mon père rentra chez lui avec un air
plus soucieux que de coutume ; il fut silencieux
pendant le repas, et même encore quelque temps
après notre réunion au salon.

« Il m'arrive une chose on ne peut plus contra-
riante, dit-il enfin ; M. le chevalier de C***, mon
chef de bureau, m'a annoncé pour toi, chère
amie, et pour notre fille, la visite de la famille
de V***. J'avais espéré, en laissant cette famille
de côté, éviter pour Sophie une connaissance peu
convenable sous beaucoup de rapports. — Mais
Isaure, m'a dit M. le chevalier de C***, désire si
ardemment connaître ma fille, qu'elle a décidé
ses parents à cette fausse démarche. Oui, j'en suis
contrarié au delà de toute expression. Le père est
un homme faible, sans consistance ; homme d'esprit du reste. La mère idolâtre sa fille, et ne l'oc-

cupe que de toilette. Nous ne pourrons éviter de les voir quelquefois ; mais je recommande à ma fille de ne point se lier avec Isaure. »

Après avoir un peu hésité, je demandai quelques détails sur cette Isaure, dans laquelle j'aurais voulu trouver une amie de mon âge ; car les *gnadige Fraülein* avec lesquelles mon père nous avait mises en relation, et les deux ou trois jeunes femmes françaises dont il nous avait fait faire la connaissance étaient loin de répondre à ce besoin d'épanchements, de causeries *intimes* qui tourmente tant les jeunes filles. J'étais restée fidèle à ma Pascaline, avec laquelle j'entretenais une active correspondance ; mais une jeune amie présente, et qui aurait pu me donner les renseignements que je désirais obtenir sur une foule de choses, me paraissait être des plus désirables. Mon père répondit brièvement à mes questions, et fit d'Isaure et de sa mère un portrait peu flatté. Il n'avait pu témoigner son mécontentement au chevalier de C***, qui était l'ami et le commensal de cette famille ; dans le monde, on est souvent obligé de traiter avec une certaine considération les gens qu'on tient en peu d'estime.

La visite annoncée vint dès le lendemain.

M. de V*** n'accompagnait pas sa femme et sa
fille. Homme de sens et rompu aux usages de la
bonne compagnie, il avait compris que mon père
se souciait peu de nous faire faire la connaissance
de madame et de mademoiselle de V***. Ses représentations à ce sujet, je l'ai su depuis, n'ayant
point été écoutées, il s'était contenté de laisser
faire.

Ma mère fut digne et froide, mais très-polie
cependant. Quant à madame de V*** elle se montra fort causante, fort engageante; elle était laide
et déjà d'un âge mûr; sa toilette annonçait beaucoup de prétentions et une recherche minutieuse.
Isaure, qui était le principal objet de mes observations, avait à peine quinze ans. Elle eût été
jolie, si une déviation plus que prononcée dans le
regard n'avait ôté leur expression à des traits dé-
licats. Afin de cacher ce défaut, elle tenait toujours les yeux baissés, ce qui lui donnait un air
de réserve qui lui seyait à merveille. Madame
de V***, en quelques minutes, nous mit au courant des nouvelles de la ville et de la cour. Elle
insista vivement pour que ma mère me permît
d'accompagner elle et sa fille dans leurs promenades de chaque soir. Ma mère répondit que mon

père ne pouvant disposer que de ses soirées, c'était avec lui que nous faisions des promenades; elle reçut d'une manière vague d'autres invitations pressantes de madame de **V*****, qui m'adressa plusieurs fois la parole de l'air le plus séduisant. Isaure gardait le silence, et je me disais tout bas, touchée de son air modeste : « Je crois que mon père est injuste envers la pauvre petite; il n'aime ni le chevalier de **C***** ni M. de **V*****, qui sont d'une opinion politique tout à fait opposée à la sienne. » Et, avec la présomption du jeune âge, je me promettais de faire revenir mon père sur ce que j'appelais ses préventions.

Il exigea que la visite ne fût rendue que juste le huitième jour après celui où nous l'avions reçue. Nous fûmes accueillies, ma mère et moi, à bras ouverts, pour ainsi dire. La famille de **V***** habitait un joli appartement sur la place Frédéric. On nous fit admirer la vue, la proximité du parc; on nous parla de fêtes, de plaisirs, de parure. Isaure, un peu moins réservée qu'à la première entrevue, me montra ses bijoux, puis me confia tout bas, pendant que nos mères causaient entre elles, qu'elle serait heureuse, bien heureuse, d'avoir une amie de son âge, surtout dans ce pays, où la différence de langage mettait obstacle à toute liaison intime. J'aurais répondu sans hésiter que je voulais être cette amie, si le souvenir de ce qu'avait dit mon père n'avait arrêté mon élan.

Mesdames de V*** revinrent, et, cette fois, M. de V*** les accompagnait. Il était sous-chef au ministère des finances ; d'après ce que j'avais pu remarquer, ses appointements devaient suffire à peine aux dépenses de la maison et de la toilette de ces dames. Chez mon père, l'ameublement était simple ; chez M. de V*** régnait je ne sais quel faux luxe, sous lequel apparaissait la gêne. Ce fut mon père qui me fit faire ces observations, car j'étais trop jeune encore pour les faire de moi-même, puis il me dit : « Ma position au ministère m'a obligé d'accepter une connaissance que je n'aurais pas choisie pour toi ; mais, l'année prochaine, j'aurai donné ma démission de chef de division du personnel, et, d'ici là, si je m'aperçois que ta liaison avec Isaure altère ton bon sens naturel et te met en tête des idées fausses, je romprai brusquement avec cette famille. »

Ainsi, moitié par nécessité de position, moitié par l'effet de cette tendresse paternelle toujours prête à céder aux désirs d'une fille chérie, mes

relations avec Isaure devinrent de jour en jour
plus fréquentes. Sans être infidèle à mon amitié
pour Pascaline, qui tenait toujours dans mon
cœur le premier rang, je me mis à aimer sincèrement ma nouvelle amie. Je prenais sa défense auprès de mon père, en l'assurant que sa coquetterie ne lui appartenait pas en propre; qu'elle
n'avait pas, comme moi, le bonheur de posséder
de sages parents; et j'assurais que nos entretiens
éveillaient dans mon esprit des réflexions utiles.
Quand on est jeune, on se croit en état de diriger
les autres.

L'automne était venu, cependant; puis l'hiver,
la saison des bals avait commencé. Le premier
devait avoir lieu chez le ministre de la guerre;
il devait être masqué, afin que le roi, la reine,
avec toute la cour, pussent y assister. Un bal!
un grand bal! chez un ministre! Et, pour comble
de bonheur, un bal masqué! C'était à en perdre
la tête. J'en avais la fièvre d'avance; que serait-ce
donc quand le grand jour serait arrivé!

II

En attendant l'invitation, qui tardait beaucoup à mon avis, je pris conseil de toutes les Françaises de ma connaissance, et surtout d'Isaure, au sujet du travestissement que je devais choisir. Ma mère, heureuse de la joie que j'éprouvais à l'idée de cette belle fête, la modéra cependant un peu en me faisant observer que si le rang de mon père exigeait que je fusse costumée convenablement, notre fortune ne nous permettait pas de faire de folles dépenses. Il fallait donc me servir à moi-même de couturière et de fleuriste, puisque j'avais appris à faire des fleurs artificielles, et elle ajouta que je n'irais aux bals annoncés pour l'hiver qu'à ces deux conditions. Ce n'était pas la première fois que ma mère vénérée me rappelait à des idées d'économie, un peu oubliées depuis mon arrivée à Cassel. J'en fus d'abord déconcertée, mais mon père m'ayant parlé dans le même sens,

je me résignai à manier l'aiguille et à préparer le
taffetas destiné au feuillage des roses pompons
dont je voulais me parer. Quoique adroite des
mains, à cette époque je n'aimais pas les travaux
à l'aiguille. Pour être vraie, je dois confesser
qu'au fond je n'étais nullement travailleuse; à
l'exception du dessin et de la musique (car mon
père m'avait donné un maître de piano), je trouvais moyen de *tuer le temps* sans rien faire de bon
ni d'utile.

Enfin, après bien des débats, je me décidai
pour un costume de bergère dans le goût de Watteau, moins les vertugadins : chapeau de paille
de riz, relevé avec un bouquet de roses pompons,
corsage en satin rose, jupe de crêpe blanc, garnie de cinq comètes roses, et relevée par le bas
avec un autre bouquet; troisième bouquet au côté
gauche. Isaure ne devait pas venir à ce bal ; son
père étant attaché au ministère des finances, n'a-
vait aucune relation avec le ministre de la guerre.
Je m'en étais sentie fort contrariée d'abord, mais
peu à peu la vue de mon joli costume m'avait con-
solée. Les femmes sont parfois bien frivoles dans
la jeunesse; pourtant, si l'on songe qu'il s'agissait d'un *premier* bal, peut-être trouvera-t-on

5.

excusable l'enivrement que me causait la seule pensée de ce plaisir encore inconnu.

L'invitation vint le jour même où j'achevais mon costume, mais il restait encore huit longues journées à attendre ; la dernière me parut interminable. Cependant nous eûmes beaucoup de monde ce jour-là. Chacun chercha à me faire dire quel serait mon déguisement, mais je me tus, avec la persuasion que le soir personne ne me reconnaîtrait.

Ma toilette est faite ; la voiture est à la porte, je mets un demi-masque avec barbe en taffetas. Mon père est en domino noir, et il se fait attacher un ruban bleu sur la manche pour que je puisse le reconnaître ; ivre de jeunesse et de joie, j'embrasse à la hâte ma pauvre mère, que sa mauvaise santé prive du plaisir de m'accompagner, et nous partons.

Le péristyle de l'hôtel du ministère était magnifiquement illuminé et orné d'arbustes verts, mêlés de guirlandes de fleurs. Malgré la rigueur du froid, malgré la neige et la glace, une foule compacte remplissait la rue, et faisait entendre des *bravos* et des *vivats* chaque fois que d'une voiture ouverte s'élançaient les invités. Le vestibule, l'es-

calier, l'antichambre étaient décorés avec beaucoup de goût, et les riches livrées des valets de
pied offraient une variété agréable à l'œil. Nous
traversons plusieurs salons où les glaces sont tellement multipliées, qu'elles centuplent la foule
déjà arrivée. A chaque instant, des voix inconnues, des voix de masques, murmuraient à mon
oreille : « Bonjour, Sophie. » Comment pouvait-
on me reconnaître si facilement, moi qui, pour
me retrouver moi-même, étais obligée de faire
des signes du bras gauche en passant devant les
glaces, tandis que du bras droit je m'appuyais
fortement sur celui de mon père ?

Nous parcourûmes tous les salons et la longue
galerie destinée à la danse. Autre sujet d'étonnement : au milieu de tout ce monde, et malgré
le masque et le déguisement, mon père sut découvrir mademoiselle Mélusine de B... Elle avait
choisi le costume d'une paysanne hessoise. Après
m'avoir confiée à ses soins, mon père s'éclipsa :
fatigué des travaux de la journée et ne jouant
jamais, il alla chercher un endroit paisible et so-
litaire pour y respirer à l'aise.

Soudain l'orchestre fait entendre le signal de
la première écossaise. Invitée aussitôt, j'hésitais

à accepter la main de mon danseur masqué; mais il m'entraîne sans me donner le temps de la réflexion, et comme dans les intervalles de repos il me parlait de différentes choses qu'il n'aurait pu savoir s'il n'avait pas connu mes parents et notre intérieur, je me rassurai tout à fait, et je me livrai sans préoccupation à mon goût passionné pour la danse.

Toujours invitée d'avance, je croyais à chaque instant que l'orchestre allait donner le signal de la valse, pour laquelle mon nouveau danseur accourait me chercher; mais tout à coup ces mots : La cour! la cour! circulent dans la foule, qui se range des deux côtés de la galerie, avec autant d'ordre que l'eût pu faire un régiment bien exercé. Aussitôt retentit une marche militaire, et un turc magnifiquement vêtu, suivi de nombreux esclaves noirs, portant des coussins en velours cramoisi, garni de crépines d'or, s'avance majestueusement. Les esclaves se hâtent de former des piles de coussins, et quand le turc s'y est étendu, d'autres esclaves lui présentent le *narghilé*. Ce turc ne pouvait être le roi, car le roi, de moyenne taille et bien fait, n'avait pas cette corpulence. Avec beaucoup de nonchalance, le turc

fait un signe; aussitôt l'orchestre joue un air de
danse bizarre, original, mais fort élégant, et à
l'instant apparaissent comme une nuée de syl-
phides, douze almées ou bayadères, éblouissantes
de pierreries, et autour desquelles voltigent la
gaze et les tissus d'argent. La reine, petite et
grasse, se reconnaissait facilement malgré le masque; elle était la plus légère, la plus habile de
toutes les danseuses. Elle exécuta plusieurs pas,
soit seule, soit avec une compagne. Par moments,
toutes se mêlaient à la danse, et alors se formaient de charmants *imbroglio* qui avaient dû
coûter plus d'une répétition. Lorsque les figures
furent terminées, les almées croisant les bras sur
leur poitrine, s'inclinèrent profondément devant
le turc, qui répondit gravement par un signe de
tête, et le joli quadrille parcourut tous les salons, où la foule le suivit, sans se permettre de
faire entendre un seul applaudissement. Peu d'instants après, tout disparaissait; mais la cour revenait bientôt, cachant ses riches costumes sous
d'amples dominos noirs, et se mêlant aux autres
masques.

Quelques minutes avaient suffi pour cette brillante fantaisie, qui avait coûté un mois d'études

et de travaux préparatoires pour les costumes.
Le bal reprit avec plus de vivacité que jamais
dans la galerie consacrée à la danse; mais tout
à coup les masques disparaissent : la cour est
partie, et le souper est servi. Les tables ont été
dressées comme par enchantement dans les salons
avoisinant la galerie, et d'autres tables se dres-
sent aussi comme par enchantement dans cette
galerie même. Les femmes seules avaient le
droit d'y prendre place; les hommes se tenaient
debout derrière elles, recevant de leurs mains
quelques rafraîchissements. Ces messieurs devaient souper après les dames ; cependant, au
moment où l'orchestre nous rappela à la danse,
pas un des danseurs ne manqua à l'appel; les
hommes seuls qui ne dansaient pas prirent place
autour des tables, dont le service plus substantiel
avait été entièrement renouvelé.

Mon père, qui était venu me rejoindre, ainsi
que mademoiselle Mélusine de B..., paraissait
heureux de mon air enivré. Il s'assit près de moi
dans l'intervalle d'une danse, et me demanda en
riant, de ce ton railleur qu'il savait prendre quelquefois, ce que je pensais de la prévoyance des
dames, qui avaient fait des *provisions* de marrons

glacés et de bonbons de toute espèce. Je baissai la tête d'un air confus, et je répondis bien bas que j'en avais été honteuse pour elles.

Hélas ! il faut le dire, dans ces grands bals si brillants, la compagnie était fort mêlée ; de même, elle l'est souvent aux grands bals de l'Hôtel de Ville de Paris. Tout ce qui avait le droit d'y être invité ne possédait pas un parfait savoir-vivre, et un soir j'entendis le maréchal du palais dire à une femme qui regrettait tout haut de ne pouvoir mettre en pièces un beau vase Médicis en fleurs d'oranger, afin de l'emporter : Si madame le permet, ce vase sera chez elle demain ; et sans comprendre la leçon, la dame accepta.

Le bal cependant touchait à sa fin. Depuis longtemps Mélusine s'était retirée, mais mon bon père avait promis de me laisser danser jusqu'à la dernière danse. Cette danse interminable, qu'on appelait alors le grand'père ou le cotillon, et qui est connue en Allemagne sous le nom de *keraus*, est une espèce d'écossaise précédée d'une marche, et composée de toutes les figures qu'il plaît au premier couple d'inventer. Le *keraus* se termine par une valse sauteuse qui achève d'ôter la respiration aux danseurs et aux danseuses.

Il était grand jour lorsque nous rentrâmes. Levée depuis longtemps, ma mère nous attendait avec une sorte d'inquiétude.

« Dans quel état te voilà ! » me dit-elle.

J'avais les yeux rougis par l'effet du masque ; mes cheveux, si bien frisés la veille, tombaient presque plats autour de mes joues pâles ; mes jolies roses pompons se ressentaient de la vivacité des mouvements qu'exige la danse du *keraus*. En me regardant au miroir je me fis peur à moi-même.

Par pure obéissance, je me mis au lit, car je n'avais pas la plus petite envie de dormir. Dormir ! quand j'avais la tête pleine de tous les airs de danse qui avaient résonné à mon oreille pendant la nuit ! Dormir alors que tant de douces flatteries m'étaient rapportées fidèlement par la mémoire ! Non, je n'étais pas jolie, mais en dédommagement la nature m'avait donné quelques agréments extérieurs. Souvent mon vieux maître de danse, que je désolais par mon antipathie pour les principes du bel art qu'il enseignait, s'était écrié en joignant les mains et d'un accent pathétique : « Avec cette taille, ces épaules, ces bras, cette tournure, ne pas vouloir consacrer

par jour seulement trois heures à faire, devant la
glace, des jetés-battus et des ronds de bras ! Mais
songez donc que dans les pays étrangers où vous
devez vous rendre, vous me feriez le plus grand
honneur par la danse sérieuse, où vous déploie-
riez beaucoup de dignité, et par la danse légère,
où vous seriez gracieuse comme une sylphide. »
Je répondais en riant que je ne pouvais passer
mon temps à faire des jetés-battus et des ronds
de bras. Je venais d'obtenir les succès prédits par
mon vieux maître de danse, et cependant je n'a-
vais fait que me livrer naturellement au plaisir
de danser. Étais-je bien enivrée de mon triomphe?
non; dans le temps que j'étais enfant, je répétais
sans cesse trois mots qui peignaient déjà mon
caractère : *Je n'aime pas qu'on me regarde, je
n'aime pas qu'on me touche, je n'aime pas qu'on
me tienne !* Humble de cœur, et défiante de moi-
même, j'ai craint toute ma vie les regards;
cette nuit-là ma timidité m'avait fait souffrir plus
d'une fois, lorsque je voyais tant d'yeux fixés sur
moi. Mais à l'humilité du cœur se joignait la
fierté de l'âme, et la fierté rend muette la fibre
de la vanité. Comme toutes les femmes, je désirais de plaire, et sentant en moi quelque chose

de mieux que les dons extérieurs, j'éprouvais une vive reconnaissance pour les personnes auxquelles je plaisais, parce que je croyais avoir été devinée. De là naissait une profonde répulsion pour tous les petits moyens qu'emploie la coquetterie afin d'obtenir les hommages.

. Je racontai donc simplement à ma mère chérie, tous les détails de cette fête magnifique, dont les splendeurs m'avaient éblouie. Je les racontai de la même façon à Isaure et à sa mère ; quelques sourires d'incrédulité de la part de l'une, quelques questions malignes de la part de l'autre me firent prendre ce que madame de V*** appelait mes airs superbes. J'évitai de répondre, et je parlai du bal prochain au ministère des finances, auquel Isaure devait être invitée. Ce jour-là je sortis de chez mon amie avec un secret mécontentement. On m'avait soupçonnée de coquetterie, je l'avais bien vu, et de n'avoir pas été vraie dans l'expression de mes sentiments : rien ne pouvait me blesser davantage.

Le second bal se fit peu attendre ; il fut moins brillant et surtout moins animé que celui du ministère de la guerre. Chaque ministère invitait ses employés, et le financier a pour coutume d'ê-

tre plus grave que le militaire. Je trouvai là deux
bergers Watteau qui avaient pris ce costume pour
me faire leur cour. Moi, j'avais pris celui de la
Suzanne de Figaro : la résille, le petit tablier à
poches. Isaure était vêtue en Espagnole. Comme
au ministère de la guerre, je ne manquai pas une
seule écossaise et pas une seule valse. Madame de
V... aurait bien voulu que mon père me plaçât
sous son patronage, mais il m'avait choisi pour
chaperon la femme du payeur général, jeune Bretonne, spirituelle, charmante, et d'une réputation
sans tache. Isaure, qui dansait peu, se retira de
bonne heure; elle n'eut pas la vue de deux quadrilles, l'un de Phrygiens, formé par la cour, l'autre de sabotiers, formé par le peintre du roi.
Un déjeuner avait été préparé pour la fin du bal.
Beaucoup de femmes eurent le bon sens de comprendre que se montrer au jour, après les fatigues
d'une nuit de bal, ce serait risquer de compromettre leur réputation de beauté. Mon père m'a-
vait déjà emmenée, et les plaisanteries qui eurent
lieu le lendemain sur celles des femmes qui avaient
cru pouvoir rester, firent renoncer, pour les bals
suivants, à ce réveillon matinal.

L'époque des courses en traîneaux était venue;

le jour, on descendait la rampe du parc, et l'on
allait, bien enveloppé de fourrure, applaudir aux
évolutions des patineurs sur un beau vivier entouré d'arbres magnifiques. La neige épaisse qui
couvrait les branches des sapins, le givre qui étin-
celait sur les autres arbres en brillant des feux du
diamant, l'éclat du soleil, la richesse des parures, celle des légers traîneaux que poussaient devant eux des patineurs habiles, le bruit, le mouvement de cette scène formaient un spectacle si
attrayant qu'on oubliait le froid rigoureux d'un
hiver du Nord. Le soir on entendait dans les rues
le grelot des chevaux attelés aux traîneaux et le
claquement du fouet des postillons. Parfois toute
la cour partait ainsi pour aller souper à Napoléonshoë. Rien n'était fantastique comme cette
course emportée faite sur la neige durcie, par un
ciel sombre, sans étoiles et à la clarté de milliers
de flambeaux. Tous les soirs il y avait spectacle;
la troupe de comédiens français abordait la tra-
gédie, l'opéra comique, le vaudeville et les bal-
lets; Hesse-Cassel eut l'honneur d'applaudir aux
premiers succès de Taglioni. Jeunesse française et
jeunesse allemande, avides de plaisir, ouvraient
encore des bals par souscription. Les officiers de

tous les grades, les magistrats en herbe, qu'on
appelait auditeurs au conseil d'État, ne recevaient
pas tous des invitations pour les bals masqués des
ministres, et tous voulaient danser. Il ne se passait pas de jour que mon père ne fût sollicité
de donner sa souscription, soit pour une fête, soit
pour une autre. Son nom, placé en tête de la
liste, aurait fait obtenir d'autres noms; mais il
trouvait, avec raison, que sa fille dansait suffisamment comme cela, et vers la fin de l'hiver, sa
fille commençait à être du même avis. Combien
ma mère vénérée avait été sage et prudente, en
m'obligeant de faire toutes mes toilettes, tous mes
déguisements! C'était mettre obstacle à ce goût
effréné de luxe que j'aurais pu finir par partager
avec bien des jeunes filles de mon âge; c'était
aussi modérer par un travail peu amusant un plaisir trop vivement désiré.

Chaque fois qu'il y avait grande loge, mon
père me conduisait au spectacle. Autre plaisir,
mêlé d'entraves, car il fallait se parer, et comme
ce jour-là toutes les femmes voulaient être coiffées
par le coiffeur de la cour, on devait se résigner à
l'accepter à l'heure où il voulait bien venir. Or,
il consacrait la matinée aux *bourgeoises*, et bien

souvent j'ai dû porter depuis midi jusqu'à huit heures du soir ma coiffure de spectacle ; aussi me sauvais-je chaque fois qu'on annonçait une visite, afin de n'être pas vue en robe du matin, le front couronné de fleurs.

Les bals parés de la cour, dont j'entendais parler, me causaient une vive curiosité. Chacun s'accordait à dire que l'étiquette qui y régnait les rendait parfaitement froids et ennuyeux ; mais là, du moins, la reine se montrait en reine, et quoique je l'eusse vue richement parée en grande loge, je mourais d'envie de la voir dans son château royal.

Ce château, dont je n'ai pas encore parlé, était un ancien monument adossé à la vieille ville, et situé comme au fond d'un ravin, tant la grande place qui le précédait montait en pente rapide vers les nouveaux quartiers. Depuis longtemps il était question de niveler cette place, et chaque dimanche, au grand lever, le roi en parlait à mon père, qu'il voulait charger de ce travail.

« Sire, à vos ordres, répondait mon père, mais, auparavant, que Votre Majesté daigne accepter ma démission de bureaucrate, et me permette de rentrer dans le génie militaire.

— Breton! » disait le roi, et il passait outre.
C'est que mon père était bien utile au ministère
de la guerre, et le roi savait que difficilement il
trouverait un homme de cette probité.

Le dimanche, la faveur dont mon père jouissait auprès du roi nous valait, à la suite du
grand lever, la visite de hauts personnages, tels,
entre autres, que les ministres plénipotentiaires
de Russie et d'Autriche, tels encore que les généraux aides de camp du roi. Ma mère vénérée,
bien qu'élevée au village, avait une telle dignité
et un tel sentiment des convenances qu'elle recevait tout ce grand monde avec une politesse aisée.
Pour moi, timide et silencieuse, je répondais seulement en peu de mots lorsqu'on m'adressait la
parole.

J'ai oublié de mentionner une de mes jouissances bien vives du dimanche. Depuis des siècles
existait à Hesse-Cassel, et existe peut-être encore
aujourd'hui, une association d'étudiants pauvres,
tous excellents musiciens, et qui viennent par
troupes nombreuses faire entendre, le dimanche,
des chants religieux sous les fenêtres des personnes qui prennent avec eux un abonnement.
En sortant de la chapelle du château (car le roi

était un de leurs premiers souscripteurs), on les
voyait en long manteau noir, la tête couverte
d'un chapeau à larges bords, rappelant les *som-
breros* des Espagnols, marcher silencieusement
sur la neige dont les rues étaient couvertes, et
venir se ranger en bon ordre devant la fenêtre de
leurs souscripteurs. **M.** de K. étant abonné, tous
les dimanches, par tous les temps, grêle, pluie,
neige, vent, le concert commençait ; il se composait uniquement de voix humaines, ce magnifique instrument, si supérieur à tous les autres, et
à travers les doubles châssis des fenêtres, péné-
trait une harmonie magnifique. Quelquefois les
troupes se séparaient en deux, dont chaque partie allait se placer à l'une des extrémités de la
rue. Alors avait lieu un effet d'écho si beau, si
pénétrant, que le frisson vous parcourait de la
tête aux pieds.

Depuis longtemps le bon **M.** de K. avait dû
cesser de me donner les leçons d'allemand dont
je ne profitais guère, car je persévérais à ne point
vouloir apprendre la langue des vaincus. Mon
père semblait décidé à me laisser dans mon obs-
tination, quand une petite révolution intérieure
vint changer la face des choses.

François avait réussi jusqu'à ce jour à échapper à la loi sur la conscription. Entré au service de mon père à l'âge de seize ans, il avait suivi son maître dans les pays étrangers, en évitant soigneusement tout ce qui aurait pu rappeler que lui aussi devait subir les chances du tirage. Jusqu'alors ses ruses avaient réussi, mais il venait de recevoir un avertissement qui le rappelait dans la terre natale. S'il n'obéissait pas, il serait considéré comme réfractaire, et ramené en France de brigade en brigade par la gendarmerie. En vain François employa toute l'éloquence qu'il possédait pour persuader à mon père de le racheter de la conscription, représentant que jamais son bien-aimé maître ne trouverait un valet de chambre tel que lui; il fallut partir. Ma mère ne savait pas l'allemand; jusqu'alors François avait servi d'interprète pour tout ce qui concernait le ménage; mais à présent nous nous trouvions réduites, ma mère et moi, au service de la vieille Rosine, qui n'entendait pas le français, et d'une jeune servante, qui ne l'entendait pas davantage. Je compris enfin le tort que j'avais eu de refuser depuis un an d'apprendre cette langue allemande, à laquelle mon oreille était du moins accoutumée,

6

et, honteuse de mon opiniâtreté, j'allai un matin
demander à mon père de me donner un professeur.

Ce professeur était un petit homme, Français
d'origine, bougeant, remuant, actif, mais bon par
excellence. Il appartenait à l'une de ces familles
que la révocation de l'édit de Nantes avait ban-
nies de France, et le souvenir de la mère patrie
vivait toujours dans son cœur. M. Delorme me
prit en grande affection. Il est vrai que je travaillais avec toute l'ardeur que me donnait le remords
d'avoir été si longtemps sotte et impertinente.
Mes progrès rapides animaient mon vieux professeur; il était si content, si fier de son élève,
qu'il m'aurait donné volontiers deux leçons pour
une. La passion de parler allemand me prit soudain, et je pus voir alors, par l'affection plus
grande que me témoignaient les familles allemandes, combien il nous aurait été facile, à nous
Français, de nous faire aimer dans le pays.

Le printemps approchait cependant; un jour
mon père, qui ne quittait jamais son bureau dans
la journée, rentra quelques heures après le déjeuner. Il était agité, préoccupé, soucieux même.
Il raconta à ma mère que, la semaine précédente,

une caisse assez lourde était arrivée au ministère
à son adresse, et qu'il l'avait renvoyée, sans l'ouvrir, à l'expéditeur. Ce n'était pas la première
fois que pareille chose avait eu lieu, et jamais
l'ancien ministre, le comte de H., ne lui avait dit
un mot de ces envois refusés ; mais le nouveau
ministre, le général d'A., dont l'opinion politique
était entièrement opposée à celle de mon père et
qui comptait au ministère plusieurs employés de
son parti, lui avait parlé en ricanant de ce trait de
sévère probité. D'après ce que le général avait
dit, on s'était attaché à tourner en ridicule un fait
en lui-même si honorable. Ce fait pouvait, aux
yeux de gens dont la conscience n'était pas nette,
passer pour une leçon, et les leçons de cette espèce ne plaisaient pas à tout le monde, il s'en fallait. Sous quel aspect la chose serait-elle présentée au roi, si on lui en parlait?... En vain ma
mère cherchait à rassurer mon père sur les suites
que pourrait avoir une méchanceté bien carac-
térisée.

« Qu'importe?... s'écria-t-il soudain, ce sera
l'occasion d'obtenir qu'enfin ma démission soit
acceptée. Je suis fatigué de ces travaux de bureau, qui me détournent des études que j'aime...

Non, mon amie, ajouta-t-il, ne crains rien, je ne brusquerai pas les choses, mais je sortirai du ministère. »

Le dimanche suivant, il nous vint très-peu de visiteurs après le grand lever. Que s'était-il passé? Mon père rentra enfin, et nous raconta que le roi était venu à lui, d'un air moitié riant, moitié fâché, et lui avait dit. « Vous n'êtes pas curieux, Ulliac !

— Sire, avait répondu mon père, la curiosité eût été de l'indiscrétion, car évidemment on s'était trompé d'adresse. »

Le roi avait alors attaché sur lui ce regard pénétrant qui appartient à la dynastie napoléonienne, puis il avait tourné le dos sans ajouter un seul mot. De là l'incertitude des courtisans sur ce qu'ils devaient penser de cette affaire.

Le dimanche suivant, le roi fut gracieux comme de coutume; il dit à mon père que son désir était qu'on s'occupât de lever le plan de la place devant le château royal; il fallait profiter de la belle saison pour que tous les travaux fussent terminés avant l'hiver. Mon père s'inclina avec respect.

« Voyons, ajouta le roi, quand m'apporterez-vous ces plans?

— Sire, répondit mon père, le ministère absorbe tout mon temps.

— Ce n'est pas au chef de division, c'est au colonel du génie que je m'adresse, » répondit le roi.

Des larmes de joie brillèrent dans les yeux de mon père ; trop ému pour pouvoir parler, il s'inclina de nouveau.

La semaine d'après, mon père remettait les affaires de sa division entre les mains de la personne nommée par le roi, et bientôt il recevait le brevet de colonel d'artillerie et du génie du royaume de Westphalie.

Rendu aux études qu'il aimait, mon père reprit le compas, les crayons de l'ingénieur. Presque chaque jour, il avait l'honneur de voir le roi, qui le suivait, pour ainsi dire, pas à pas dans les travaux préparatoires. Niveler cette place, n'était pas une opération facile. Il fallait ménager quelques maisons, quelques plantations, et calculer l'abaissement du terrain de manière à dissimuler la pente qui devait réunir la place Royale à la place Frédéric.

Plusieurs fois, lorsque les travaux furent commencés, nous allâmes, ma mère et moi, rendre

quelques visites à mon père. Il était radieux au
milieu de ses sapeurs et de ses soldats du génie,
dont la présence presque journalière du roi dou-
blait les forces et le zèle.

A cette époque de l'année avait lieu à Hesse-
Cassel une grande foire qui attirait beaucoup d'é-
trangers. J'eus ainsi le plaisir de revoir deux jeunes Allemandes que j'avais connues à Paris ; elles
m'avaient vue pauvre et isolée, et me retrouvaient
ici dans toute ma gloire, gloire apparente et men-
songère, comme bien des gloires en ce monde.
Les appointements du colonel n'étaient pas ceux
du chef de division, et cependant il fallait faire
figure. Ma mère avait le droit d'être présentée à
la cour; cette présentation devait entraîner de
grandes dépenses; mais j'irais aux bals de la
cour, à ces bals parés, objet de mon ambition la
plus chère, et mes jeunes amies de Paris m'en-
viaient tant de bonheur. Isaure m'enviait aussi,
et personne ne prenait garde aux réformes qui
avaient eu lieu dans notre modeste demeure.

Lors de sa promotion au grade de colonel de
l'artillerie et du génie westphalien, mon père avait
dû donner un grand dîner, chez le restaurateur
français, à tous les officiers des deux régiments.

Il avait fallu renouveler ses uniformes, contracter quelques dettes, et les dettes étaient le désespoir de ma mère. Chaque fois que mon père était parti pour l'armée, il avait laissé de ces dettes malheureuses que ma mère ne parvenait à acquitter qu'au prix des plus grandes privations. Elle voyait donc avec une sorte de terreur approcher l'automne, époque fixée pour sa présentation à la cour.

Que de fois dans la vie il faut répéter : *Tout ce qui reluit n'est pas or !*

III

Au nombre de ceux des aides de camp du roi qu'attirait chaque dimanche la faveur dont jouissait mon père, était le général D. ; il avait désiré faire faire à ma mère la connaissance de sa femme. Aimable, spirituelle et gaie, madame D. avait une singulière figure ; des yeux forts petits, une bouche très-petite et un nez démesurément

long étonnaient à la première vue ; puis on s'accoutumait à cet ensemble qu'animait une physio-
nomie mobile, et on finissait par trouver madame
D. très-agréable. Le général aurait bien voulu
qu'elle fût nommée dame du palais, et il l'aurait
obtenu sans peine ; mais madame D., qui aimait
avant tout son *chez elle*, et qui n'était plus de la
première jeunesse, trouvait suffisant d'être invitée,
comme dame présentée, aux galas de la cour. Ce
fut elle qui eut la complaisance de mettre ma
mère au courant du cérémonial de la présentation. Elle donna aussi son avis sur la toilette qui
avait été choisie, toilette bien simple, et qui con-
sistait en une robe de satin blanc, garnie de tulle
bouillonné comme on en portait alors, en un manteau de cour de velours blanc épinglé et broché,
ayant pour garniture un ruban de satin blanc
plissé à la vieille. Le reste de la toilette se composait d'une toque blanche, ornée de trois grandes
plumes retenues par un simple nœud de satin,
d'une guimpe avec ruche en tulle autour du cou,
et enfin d'une colerette en blonde à la Médicis.
Pas un bijou ; mon père n'aimait point le clin-
quant, et il n'aurait permis ni à ma mère ni à
moi de porter de ces bijoux faux dont quelques

femmes se paraient alors... comme beaucoup
aiment à s'en parer encore aujourd'hui. Ma mère
avait été fort jolie : grande et bien faite, et quoique ses traits fussent déjà altérés par de vives
souffrances, elle était encore charmante dans cette
simple parure.

Madame D., par ses récits, m'avait mise parfaitement au courant d'une présentation ; cependant je demandai quelques détails à ma mère ;
elle me dit alors l'impression produite sur elle
par la vue de la salle du trône, qu'il lui avait fallu
traverser seule pour arriver en présence de Leurs
Majestés. Le roi, en grand uniforme de général,
et la reine, éblouissante de diamants, se tenaient
debout devant les fauteuils placés derrière eux
sur la riche estrade, toute couverte de velours
enrichi de broderies d'or. C'était sous les yeux
d'un triple rang de généraux, d'officiers supérieurs, de hauts fonctionnaires qu'il fallait traverser cette salle. De ce côté, on pouvait espérer
quelques regards bienveillants, mais du côté des
dames du palais et des dames déjà présentées,
placées debout en face du trône, il fallait s'attendre à des remarques malignes et à des regards
moqueurs. Ma mère vénérée se sentit d'abord un

peu intimidée ; mais se souvenant de qui elle était la femme, elle reprit quelque assurance, et s'avança vers le trône. Le grand maître des cérémonies la nomma ; ma mère fit alors la première des trois révérences prescrites par l'étiquette ; elle fit les deux autres en marchant à reculons, et en chassant derrière elle les longs plis de son manteau de cour, alors elle prit place au milieu des dames présentées.

D'autres présentations eurent lieu ce jour-là ; quand elles furent terminées, Leurs Majestés descendirent du trône et firent le tour de la salle en adressant à tous et à chacun quelques mots flatteurs.

— Madame Ulliac, dit le roi, en s'arrêtant devant ma mère, votre mari est un digne serviteur ; je voudrais compter beaucoup d'hommes comme lui dans mon royaume.

Ma mère fit avec respect une profonde révérence.

— Madame Ulliac, dit la reine à son tour, le colonel est un homme d'esprit et de cœur. Je vous félicite de porter un tel nom.

Ma mère, vivement émue, salua de nouveau.

Ce qui la frappa beaucoup, me dit-elle, ce fut

la mémoire de Leurs Majestés, qui ne se trom-
paient pas de noms en parlant aux dames nouvel-
lement présentées, et la grâce et l'à-propos des
mots bienveillants adressés à chacune. Le roi et
la reine ayant quitté la salle, ma mère put enfin
se retirer, et au retour mon père la complimenta
affectueusement sur la réserve pleine de dignité
qu'elle avait montrée en cette circonstance difficile.

Quelques jours après arrivait une invitation
pour un bal paré à la cour, invitation dans laquelle je me trouvais comprise, à ma très-grande
joie.

En ce temps-là le luxe ne régnait point partout
comme il règne aujourd'hui. En ce temps-là encore, il était convenable qu'une jeune fille fût
mise simplement, même pour un bal paré à la
cour. Une robe de crêpe rose frappée à jour sur
un dessous de taffetas blanc; au bas de la robe
une guirlande de feuillage de satin blanc gaufré;
autour du corsage une ruche de tulle, au cou un
fil de perles, dans les cheveux des roses blanches, telle était ma parure le soir où, pour la première fois, j'entrai dans les salons du château
royal. Ma mère portait, moins le manteau, la

même toilette que le jour de sa présentation. Personne n'ignorait que mon père était sorti pauvre d'une place où un autre peut-être se fût enrichi; personne n'ignorait non plus que nous préférions les privations à la honte de vivre aux dépens de toute espèce de fournisseurs, comme le faisaient malheureusement bien des gens, et dès mon jeune âge j'avais appris à ne pas rougir d'une honorable pauvreté; aussi avais-je répondu un peu vivement à Isaure, qui s'était étonnée, ainsi que madame de V..., de la résolution prise par ma digne mère de ne point faire de dépenses pour ce bal paré.

Remplie de respect pour Leurs Majestés, j'étais un peu tremblante en entrant dans ces beaux salons, et quand j'osai lever les yeux, ce fut pour chercher du regard le roi et la reine. Que la reine me parut belle et jolie! Quoique petite, elle avait réellement un port de reine. La manière dont sa tête était posée sur de belles épaules, la gravité de son regard, tout en elle imposait. Vêtue d'une simple robe blanche, elle n'avait pour parure que des diamants. Le roi, mince de taille, était vêtu du riche uniforme des gardes du corps, uniforme blanc tout chamarré d'or. Les dames du palais portaient toutes sur l'épaule un nœud de velours bleu de ciel, sur lequel était brodé en brillants le chiffre de la reine, et dont les bouts se terminaient par des ferrets enrichis de diamants; presque toutes avaient des robes brodées en lames d'or ou d'argent. La diversité dans les parures des dames présentées était fort grande.

Ce fut par une contredanse française que Leurs Majestés ouvrirent le bal. Les personnes qui avaient l'honneur de former ce quadrille avaient été désignées d'avance. Les femmes comme les hommes se tenaient toutes debout.

L'ensemble était beau, imposant, mais froid. Déjà accoutumée au tumulte, à la foule et à la liberté des bals masqués, je me sentais de plus en plus gênée et glacée par l'air composé de tout ce grand monde; aussi, lorsque mon tour vint de danser, je m'en acquittai fort mal, au grand chagrin de mon père et de ma pauvre bonne mère, qui avait entendu parler des grâces et des succès de sa fille dans les différents genres de danse alors de mode.

Pendant l'intervalle assez long laissé entre les écossaises, les valses et les contredanses, Leurs Majestés firent plusieurs fois le tour de la salle en adressant quelques mots aux dames placées sur le

7

premier rang. Je remarquai que celles qui occupaient le second rang, cherchaient, avec assez
peu de cérémonie, à passer de ce second rang au
premier, afin d'obtenir au moins un regard de
Leurs Majestés.

A minuit, un souper splendide fut servi ; quelques personnes seulement furent admises à la
table du roi et de la reine. D'autres tables étaient
dressées où la place de chacun avait été désignée.
Après le souper, qui fut silencieux et court, Leurs
Majestés reparurent un instant dans la salle de
bal, puis s'éclipsèrent, et à une heure après minuit tout le monde était parti.

Au retour, je fus grondée sur la gaucherie
dont j'avais fait preuve ; mon père me dit sans
détour que j'avais dansé d'une manière ridicule ;
ce mot cruel me fit fondre en larmes, et acheva
de me donner une sorte d'aversion pour les bals
parés de la cour. Autant j'avais espéré que cette
première invitation en amènerait d'autres, autant
je les redoutais aujourd'hui. Que répondrais-je à
Isaure, lorsqu'elle me dirait comme de coutume :
« Raconte-moi tes succès ? »

Mais un chagrin plus cuisant que ceux de
l'amour-propre blessé allait me frapper.

Depuis quelque temps, les lettres de Pascaline devenaient plus courtes et plus rares ; dans les miennes, il n'était jamais question que de projets d'avenir pour elle ; je voulais qu'elle vînt se réunir à nous, je rêvais pour elle quelque brillant mariage, et je lui parlais sans cesse de cette réunion, qui me semblait devoir faire son bonheur comme le mien. Elle répondait vaguement à mes pressantes instances ; je devinais qu'elle redoutait mon père, auquel elle n'avait jamais plu.

La lettre de Pascaline, si impatiemment attendue, arrive enfin ; je la dévore, puis je la relis lentement pour la savourer à mon aise ; mais, chose étrange ! il me semble que j'en ai reçu une tout à fait semblable le mois précédent ; je prends toutes les lettres de cette amie si chère, afin de les relire l'une après l'autre... D'abord, j'ai peine à en croire mes yeux, mais enfin il faut bien me rendre à l'évidence. Toutes ces lettres, remplies de phrases ronflantes, n'étaient guère que la copie les unes des autres. Ce fut comme un bandeau qui se détacha de mes yeux ; je me rappelai alors que Pascaline, qui entretenait avec son frère une correspondance active, m'avait dit que son habitude était de faire deux ou trois brouillons, et de s'en servir tour à tour en y ajoutant seulement quelques variantes. Jeune et étourdie, je n'avais pas compris d'abord la valeur de cet aveu, mais aujourd'hui je la comprenais enfin. Ainsi, chez Pascaline rien ne partait du cœur, elle alignait des phrases, elle se servait d'expressions emphatiques sans rien sentir, sans rien penser peut-être de ce qu'elle écrivait. Moi aussi, je m'étais répétée souvent dans l'expression de ma tendresse pour elle, mais ces répétitions avaient été de celles qui échappent à un cœur aimant. Oui, je l'avais aimée, je l'aimais tendrement, et jamais, non jamais, elle n'avait rien senti de cette amitié passionnée dont elle était l'objet.

Les mots ne sauraient rendre la profonde amertume dont cette découverte navrait mon cœur. C'était ma première déception, déception qui m'avait été presque prédite par mon angélique mère. Que de fois ma mère m'avait répété, en parlant de cette amie idolâtrée : « Jolie, mais égoïste ; une charmante figure, et un cœur sec ; ma pauvre fille, tu t'attaches à qui ne sait pas aimer ! » Et dans mon injustice j'avais osé croire ma mère jalouse de mon *amie*. Probablement, ma mère avait vu avant moi ce que je découvrais seulement aujourd'hui... Mon premier mouvement fut de déchirer ces lettres qui étaient la honte de Pascaline... mais, presque aussitôt, je me dis qu'il fallait les garder ; aveuglée comme je l'avais été longtemps, je pouvais me laisser aveugler encore. Quelques lignes adroites pour me ramener lorsqu'on sentirait que mon affection se refroidissait, m'auraient peut-être persuadé que c'était moi qui avais tort, que j'avais mal jugé mon amie ; il me fallait une égide contre ce danger, et la meilleure c'étaient les lettres mêmes de Pascaline.

Au lieu de répondre comme de coutume à celle que je venais de recevoir, j'écrivis à sa sœur, et je lui parlai du chagrin que j'avais ressenti en apprenant la résolution de notre cousin Yvon ou Nono, de se faire soldat. Le pauvre garçon ! depuis on n'entendit jamais parler de lui.

Quinze jours après, Pascaline m'écrivait et se plaignait de mon silence ; je répondis seulement ces mots : « Tu aurais dû renouveler tes brouillons ; — tout est fini entre nous. »

Ma bonne mère avait deviné, j'en suis certaine, la cause de mon chagrin, chagrin visible ; elle évita de m'en parler, se doutant bien que j'étais

honteuse d'avoir été si longtemps dupe de faux-
semblants, et moi, peut-être par orgueil, je me
tus.

L'affection que je portais à Isaure ne pouvait
remplacer celle que j'avais vouée à une première
amie. Isaure marchait aussi dans les voies de
l'égoïsme, mais ce n'était pas sa faute. Gâtée,
adulée par tout ce qui l'entourait, elle s'accoutumait à se compter pour tout et à compter les autres pour rien. C'était une enfant mal élevée, et
qui devait payer bien cher la mauvaise éducation
qu'elle recevait. Je l'aimais cependant, et je cherchais souvent à exciter en elle une affection pareille à la mienne. C'était en vain : s'occuper de
parure était pour elle le premier de tous les besoins, et il y avait dans notre manière d'envisager
les choses de ce monde autant de différence qu'il
s'en trouvait entre les opinions politiques de nos
parents. Heureuses, bien heureuses les jeunes filles
dont le père et la mère, sages, prudents, et toujours d'accord, savent unir une sévérité nécessaire à une tendresse réelle ! Oui, bien heureuses
celles dont les parents les aiment pour elles, et
non pour eux-mêmes !

La saison des fêtes était revenue, mais je ne la

saluai pas avec le même enivrement que l'année précédente. A la fin de cet hiver où j'avais passé de plaisirs en plaisirs, il m'avait semblé, plus d'une fois, que ces plaisirs étaient au fond toujours les mêmes. Je ne m'en sentais pas complétement dégoûtée, mais ils n'excitaient plus cette ardeur fébrile que fait naître l'inconnu. L'amère déception que je venais d'éprouver m'avait ôté quelque chose de ma gaieté naturelle. Je me sentais mécontente de moi-même, et je doutais d'inspirer une véritable affection à Isaure. Comment croire à l'amitié d'une jeune fille que les souffrances d'un père laissaient froide? Monsieur de V***, malade depuis longtemps, était condamné par les médecins, et souvent, trop souvent, oubliant ses souffrances, la mère et la fille semblaient n'y voir qu'un obstacle aux plaisirs du monde qu'elles aimaient de passion. Ce n'est pas tout : plus que jamais les probabilités d'une guerre contre la Russie devenaient évidentes. Nul doute, si cette guerre éclatait, que le roi de Westphalie n'y prît part, mon père alors partirait, et nous aurions encore à trembler pour lui, pour mon oncle, le général G***, et pour d'autres parents qui faisaient partie de la grande armée. L'approche de la terrible année 1812 semblait répandre dans l'air de vagues inquiétudes, de tristes pressentiments, et quoique la confiance dans l'étoile du grand Napoléon fût entière, une sorte de malaise rendait languissantes des fêtes jadis si animées.

Le grand maréchal du palais, dont l'hôtel était petit, voulut avoir à son tour l'honneur de recevoir ses souverains dans un bal masqué. L'espace manquant, les invitations devaient être fort restreintes, et par cela même fort recherchées. Le jour où arriva celle qui était adressée au colonel Ulliac et à sa famille, mon père nous apprit que le chevalier de C*** en avait obtenu une, et qu'Isaure désirait vivement assister à ce bal, dont on disait déjà mille merveilles. Comme madame de V*** ne pouvait quitter son mari, alors alité, le chevalier de C*** s'était fait fort d'obtenir de mon père la permission de placer Isaure sous le patronage de ma bonne mère.

«Mais monsieur de V*** est en danger de mort! s'était écrié mon père.

— Madame de V*** ne le quitte pas, avait répondu le chevalier de C***, Cette pauvre Isaure n'est pas allée encore à un seul bal, et comme c'est le premier que donne le grand maréchal, elle meurt d'envie de le voir, d'autant plus qu'on parle de quadrilles magnifiques qui ne se renouvelleront pas ailleurs. Que mademoiselle Sophie ait donc la complaisance d'écrire un mot à Isaure pour lui faire savoir quelle marque distinctive madame Ulliac portera sur la manche de son domino. Quant à mademoiselle Sophie, quel que soit le costume de déguisement qu'elle aura adopté, je la reconnaîtrai toujours. »

Et là-dessus, monsieur le chevalier de C*** s'était répandu en éloges sur mon compte, afin, sans doute, d'adoucir mon père qui avait répondu d'un air peu engageant : « J'en parlerai à ma femme.

— Vois, ma chère amie, avait-il ajouté, si tu dois servir de chaperon à une jeune fille qui veut aller au bal quand son père se meurt. »

Il y eut un moment de silence.

« Mon ami, dit ma mère, je serais d'avis de renoncer à cette fête. Qu'en dis-tu, ma fille ? »

J'avais le cœur gros, et pourtant je ne voulais pas dire jusqu'à quel point je trouvais Isaure blâmable. Il me semblait que madame de V*** l'était plus encore.

7.

« Renoncer à cette fête, reprit mon père, est impossible. Le grand maréchal du palais m'a dit qu'il compte nous y voir. Je veux encore espérer que mademoiselle de V*** n'y paraîtra pas.

— Mais si elle y vient ? demanda ma mère.

— Si elle y vient, repartit mon père, tu te lèveras sous quelque prétexte, et tu te perdras avec ta fille dans la foule des masques. Isaure comprendra, je l'espère, cette leçon muette. »

Cet hiver-là, j'étais allée plusieurs fois au bal sans beaucoup de plaisir, mais cette fois, ce fut avec les yeux pleins de larmes que je partis. Troublée à la pensée du chagrin qu'allait éprouver Isaure, j'étais en outre vivement peinée en voyant se changer en amertume, par la mission délicate et pénible dont ma mère était chargée, le plaisir qu'elle s'était fait d'assister, pour la première fois, à un bal masqué ; aussi, je ne fis pas attention à la décoration de l'hôtel, qui était réellement féerique, selon ce qu'on disait autour de moi. Je venais à peine de prendre place pour la première écossaise, lorsque j'entendis derrière moi une voix qui disait : « Ah ! mademoiselle Sophie, vous êtes donc paysanne autrichienne ce soir ? Et la même voix ajouta : Isaure est là, détournez-vous un peu, pour lui serrer la main. Où est madame votre mère?

— Dans ce salon.

— De quelle couleur est le ruban qu'elle porte à son domino?

— Rouge, répondis-je en balbutiant. » Et je quittai la main d'Isaure, car mon tour de figurer était venu.

Lorsque la danse fut finie, mon cavalier me ramena auprès de ma mère. A ma vue elle se leva aussitôt, me prit par le bras et dit à monsieur le chevalier de C*** qui se tenait debout derrière le siége occupé par Isaure : « Veuillez m'excuser, mais je désire parcourir tous les salons avec ma fille. » Et ainsi que l'avait ordonné mon père, nous nous perdîmes au milieu des autres masques.

« O maman! que lui as-tu dit? demandai-je tout émue. Pauvre Isaure !

— Je lui ai dit seulement, répondit ma mère : Monsieur votre père est donc sauvé? Elle a balbutié quelques mots que je n'ai pas entendus, et dans ce moment tu es arrivée. Monsieur le chevalier de C*** m'a cherchée longtemps, à ce qu'il m'a dit en me confiant Isaure. Il en devait être

ainsi, car j'avais caché le signe de reconnaissance
que je porte sur ma manche. »

Non moins émue que moi, mon excellente mère
ajouta : « J'aurais voulu épargner cet affront à
une jeune fille que tu aimes, mais l'ordre de ton
père était formel. Il s'ensuivra une rupture ; j'aurais voulu aussi l'éviter.

— Maman, je t'en prie, allons-nous-en !

— C'est impossible ; ton père veut que nous
paraissions sans masque au souper. »

Il fallut rester, il fallut danser, et loin de jouir
de cette fête, qui fut des plus brillantes, j'eus,
pour la première fois, à souffrir de la contrainte
qu'impose le monde à un cœur blessé. Je tremblais, chaque fois que nous passions d'un salon
dans un autre, de rencontrer Isaure ; mais probablement la rude leçon avait été sentie, et elle
avait quitté ce bal, où la tendresse inconsidérée
de sa mère lui avait permis de venir.

Oui, c'était encore une rupture ; je n'avais pas
dix-huit ans, et déjà deux fois j'avais mal placé
mes affections. Quelques jours après, nous recevions la lettre de faire part qui nous annonçait la
mort de monsieur de V***.

Je fus au moment d'écrire à Isaure, mais que

lui dire? comment lui parler des larmes que devait lui coûter la perte de son père?... Je pleurai beaucoup, et je gardai le silence, comprenant que je ne pouvais dire un seul mot, ni du passé, ni du présent, sans paraître blâmer mes parents et sans accuser la mère d'Isaure.

Une nuit (depuis quelque temps ma pauvre mère était fort souffrante), nous fûmes réveillées en sursaut par les sons de la trompe du garde de nuit et par ce terrible mot : *Feuer !* Ce mot, prononcé avec une voix gutturale et avec lenteur, a quelque chose de plus lugubre que le cri français : Au feu ! En un instant, toute la maison fut sur pied ; nous courûmes vers l'escalier dont les fenêtres donnaient du côté de la place Frédéric : d'énormes colonnes de feu montaient vers le ciel, au milieu d'épaisses colonnes de fumée.

— Le feu est à la basse ville, dirent plusieurs voix ; quel désastre !

A l'instant, le glas funèbre du tocsin se mêla au cri de *Feuer*, répété par des centaines de voix, aux roulements des tambours et à l'appel des trompettes.

Mon père avait revêtu à la hâte son uniforme ; il embrassa ma mère et moi, en nous recommandant de ne pas quitter la maison, et il partit.

Quelle nuit que celle-là ! nous la passâmes assises sur les marches de l'escalier, suivant du regard les progrès de l'incendie qui dévorait, non la basse ville, mais le château royal. De temps en temps nous descendions jusqu'à la porte de la rue, espérant que quelques personnes y passeraient en venant du lieu du sinistre. Monsieur de K***, voyant l'anxiété de ma mère et la mienne, eut l'obligeance d'aller aux informations. Il revint nous dire que le roi, la reine, les dames du palais et les officiers de service avaient pu se sauver. On ignorait s'il avait été possible d'emporter quelque chose du château. Le roi, après avoir mis la reine en sûreté chez le grand maréchal, était revenu pour diriger lui-même les troupes qui travaillaient avec ardeur à maîtriser l'incendie. Et mon père était là !... Cette nuit fut longue et cruelle à passer. Peu à peu cependant les flammes semblèrent s'apaiser, et au petit jour ma mère, cédant à mes instances, me permit d'aller chercher des nouvelles de mon père. Les troupes entouraient le château, et maintenaient les curieux à une grande distance. Inutilement je cherchai à me frayer un passage ; j'étais partout repoussée ; enfin j'aperçus un officier d'artillerie avec lequel j'avais dansé bien souvent, et je l'appelai par son nom.

« Mademoiselle Ulliac ! est-ce possible ! dit-il en accourant.

— Avez-vous vu mon père ? demandai-je.

— Qui n'a point vu le colonel, répondit-il, il était partout ! Tranquillisez-vous, mademoiselle, il n'a pas reçu une égratignure, et pourtant il ne s'est pas ménagé.

— Oh ! que je puisse le voir, capitaine, je vous en prie.

— Rien de plus facile, mademoiselle ;» et les rangs des soldats s'ouvrirent pour me livrer passage.

D'épaisses colonnes de fumée se détachaient encore sur le ciel gris d'une matinée de décembre. Des poutres, mille débris à moitié calcinés par le feu, jonchaient le sol. Quelques plafonds tenaient encore, et aux murailles pendaient des débris de tentures.

Nous parvînmes, par un escalier à moitié rompu, au premier étage. Là était mon père ; il dirigeait les travailleurs, qui faisaient jouer les pompes sur un foyer qu'on n'avait pas encore pu éteindre.

« Toi ici ! s'écria-t-il en me voyant.

— O mon père !» et je me jetai dans ses bras en pleurant.

Des larmes brillaient aussi dans ses yeux ; il me tint quelque temps serrée sur sa poitrine, puis il me dit : « Et ta mère ?

— Ma mère serait venue avec moi, répondis-je, si elle avait été en état de marcher.

— Nous avons eu à lutter contre un terrible ennemi, dit-il en souriant. Viens voir le champ de bataille.

— Oh non ! pas à présent ; ma mère est dans une inquiétude mortelle.

— Tu as raison, va ; d'ailleurs, tout n'est pas terminé encore, mais ne le dis pas à ta mère. »

Il me serra encore une fois dans ses bras : « Va, ajouta-t-il, je ne puis t'accompagner, mon poste est ici. Capitaine Stietz, ayez la complaisance de reconduire ma fille. »

Bien des fois je me retournai avant de quitter la salle, pour regarder mon père. Ses épaulettes étaient noircies par la fumée, et son uniforme portait les traces de la lutte qu'il avait fallu soutenir contre un ennemi bien terrible en effet. J'eus beaucoup de peine à empêcher le capitaine de me suivre jusqu'à la maison : sa vue aurait pu alarmer ma mère ; elle m'attendait sur le seuil de la porte de la rue. Mon air rayonnant la rassura tout d'abord.

« Il vit ! s'écria-t-elle.

— Oui, et il n'a pas une blessure. »

Elle s'affaissa sur le fauteuil qu'on avait descendu pour elle, et des larmes abondantes soulagèrent son cœur oppressé.

Les jours suivants, on eut quelques détails sur les dangers courus par Leurs Majestés et toutes les personnes de service au château cette nuit-là. Au prix de périlleux efforts on était parvenu à sauver les diamants, la vaisselle plate et une partie de la garde-robe de la reine. Il paraissait que le feu avait couvé depuis plusieurs jours, rongeant sourdement les poutres au-dessous desquelles on avait placé imprudemment le tuyau d'un calorifère. Grâce au sang-froid des chefs qui avaient dirigé les troupes, la basse ville avait été préservée d'une manière presque miraculeuse, mais le château n'était plus qu'une ruine aux murs lézardés.

Le grand maréchal dut céder son hôtel à Leurs Majestés. Plusieurs hôtels avoisinants furent évacués, et au moyen de communications établies à l'intérieur, il fut possible de rendre habitable cette demeure improvisée, d'où la vue était plus belle que du château royal ; car de là, on dominait le parc, l'immense plaine du Forst où coulait la Fulde, et le regard embrassait un horizon de dix à douze lieues.

Beaucoup de personnes, croyant aux présages ou feignant d'y croire, prétendaient qu'elles voyaient dans cet événement l'annonce d'événements plus terribles encore. Ces augures-là venaient du parti opposé aux Français ; les augures du parti français voyaient au contraire, dans tout ce qui s'était passé la preuve évidente de la protection accordée par le ciel à Leurs Majestés ; ils faisaient remarquer, que si le feu avait pris trois jours auparavant, où il y avait eu gala à la cour, beaucoup de gens auraient certainement péri. L'incendie du château n'était, à leur avis, que l'invitation de bâtir un palais.

Dès que la cour fut à peu près installée dans sa demeure provisoire, les fêtes, les parties de traîneaux, les spectacles en grande loge reprirent

leur cours accoutumé. Cette fois, c'était surtout
pour obéir à mon père que je me rendais aux invitations qui nous étaient adressées. Nous tou-
chions à la désastrueuse année de 1812, et le
sombre mois de décembre assombrissait encore
les pensées de ceux qui savaient réfléchir. Une
rupture avec la Russie était désormais certaine.
Par décret du roi, les troupes westphaliennes devaient être mises sur le pied de guerre. Déjà nous
savions que mon père serait nommé commandant
en second de l'artillerie et du génie westphaliens,
et plus nous avancions vers l'époque présumée du
départ, plus la tristesse accablait ma pauvre mère
et moi. Combien les encouragements de l'amitié
me manquaient en ce cruel moment! Autrefois
j'aurais pu épancher le trop plein de mon âme en
écrivant à Pascaline, plus tard j'aurais pu parler
à Isaure des inquiétudes que m'inspirait l'avenir,
mais Pascaline ne m'avait jamais aimée, et Isaure,
blessée jusqu'au fond de l'âme, ne m'aimait plus.
Je me sentais plus seule que dans le temps où,
n'ayant jamais eu de compagne de mon âge,
j'ignorais le bonheur que l'on goûte à aimer. Aucune occasion de rencontrer Isaure ne s'était présentée, son deuil récent lui interdisant de se mon-

trer dans les fêtes, ni au parc, où se rassemblaient les patineurs ; jusqu'à la consolation de recevoir de ses nouvelles m'était refusée, car les personnes que nos familles voyaient n'étaient pas les mêmes... Ces plaisirs que j'avais tant désirés, et dont j'avais cru ne jamais me rassasier, étaient devenus pour moi de pénibles corvées.

Le jour où l'on apprit la déclaration de guerre faite à la Russie, nous reçûmes un grand nombre de visites. L'ambassadeur de Russie, entre autres, qui aimait beaucoup mon père, vint le voir. On parla surtout des probabilités d'une guerre qui, de l'avis de tous les officiers français, serait promptement terminée. Quelqu'un ayant dit que la Russie n'aurait pas même un allié, l'ambassadeur répondit :

« La Russie a un allié puissant et redoutable, sur lequel elle peut toujours compter.

— Lequel donc ? demanda mon père.

— L'hiver ! » répondit l'ambassadeur.

Ce mot fut prononcé avec un tel accent, qu'il me fit courir le frisson dans les veines.

Il y eut un assez long silence, puis la discussion recommença et se prolongea fort longtemps.

Oui, l'ambassadeur avait raison ; la Russie pouvait compter sur un allié puissant et redoutable... l'hiver !... mais qui aurait cru alors qu'une campagne, commandée par Napoléon Ier, ne serait pas terminée avant l'arrivée de ce terrible allié !

LIVRE III

LE RÉVEIL

———

I.

L'entrée en campagne pour les officiers de différents grades, et dont la plupart sont sans fortune, les met dans l'obligation de trouver du
crédit, c'est-à-dire de faire des dettes ; ceux qui
sont mariés laissent en partant à leur femme le
soin de les payer : ma pauvre mère le savait par
une longue expérience. Il fallait à mon père deux
chevaux de main, un pour lui, un pour son domestique ; il fallait renouveler en grande partie
les uniformes et les passementeries ; il fallait,
enfin, faire mettre en état la calèche de voyage.

Ainsi, à la douleur d'une séparation prochaine venaient se mêler mille soucis. C'était avec inquiétude que mon père laissait sa femme et sa fille sur la terre étrangère, sans parents et sans aucun ami sur lequel il pût compter. La santé de ma mère vénérée était devenue de plus en plus mauvaise ; j'étais bien jeune d'âge et de caractère, et, pour combler la mesure, mon père allait partir en la compagnie de son chef, le général ***, avec lequel il ne vivait pas en très-bonne intelligence. Nommé commandant en second de l'artillerie et du génie westphaliens, et toujours honoré da la faveur du roi, mon père venait de recevoir le brevet de chevalier de l'ordre de la Couronne de fer de Westphalie. Bel homme, homme aimable et de bonne compagnie, il inspirait une vive jalousie au général ***, qui était laid, petit, et dont le ton et les manières vulgaires formaient un étrange contraste avec un savoir profond et beaucoup d'originalité dans l'esprit. Redouté de ses subordonnés, toléré à la cour parce que ses excentricités économiques amusaient le roi, le général *** n'était aimé de personne ; marié à une femme qui, comme lui, en aurait remontré à Harpagon en fait d'avarice, il était souvent le sujet de récits plus ou moins bouffons : on lui attribuait mille et mille vilenies. L'esprit d'économie, qu'il portait en tout, lui ayant fait trouver convenable de voyager avec mon père, il fallut accepter cette aubaine. Le général *** se dispensait ainsi d'avoir des chevaux de poste à payer. Plus tard, le même esprit d'ordre lui suggéra l'idée d'*emprunter* son tabac à fumer du domestique de mon père, qui n'aurait jamais été remboursé de ses avances sans la générosité de son maître. Ma pauvre mère s'inquiétait du rapprochement forcé de deux hommes si antipathiques l'un à l'autre, et elle suppliait mon père d'user de patience envers son chef.

Le moment des adieux arriva. Parlerai-je de ces adieux? Non, les souffrances de l'âme ont leur pudeur !

Nous voilà donc seules, ma mère et moi, dans ce pays qui nous était apparu comme la terre promise, seules et sans autres moyens d'existence qu'une délégation sur ses appointements laissée par mon père ! Il fallait faire de nouvelles réformes dans notre modeste intérieur, et tâche d'économiser pour payer, en partie, du moins, les dettes contractées.

8

Ma mère allait donner congé de l'appartement que nous occupions lorsque arriva une lettre de mon oncle le général G...., qui l'obligea de retarder ce changement. Mon oncle lui confiait sa jeune femme et son fils encore au maillot. Il la priait de recevoir chez elle ces êtres si chers, qu'il ne voulait pas envoyer en France, afin de ne pas être si loin d'eux pendant la campagne qui allait s'ouvrir. Il ajoutait qu'au retour il irait visiter sa dotation située en Westphalie, car mon oncle était baron de l'empire.

Ma mère aimait son frère à l'adoration ; ce frère avait été l'appui de toute la famille, et il l'était encore. Nous ne connaissions pas sa femme ; mais nous savions qu'elle était jeune et jolie, et je me réjouis à la pensée de trouver une compagne, une amie dans une tante de mon âge. A la hâte on prépara tout pour la recevoir, mon oncle nous mandant qu'elle suivrait de près sa lettre.

Victorine était jeune et jolie ; élégante parisienne, elle aimait la toilette et les fêtes par-dessus tout. Peu de jours me suffirent pour comprendre que nous ne nous entendrions pas beaucoup. Quoique je fusse encore bien étourdie, je

devins pourtant, sans y penser et sans le savoir,
le Mentor de ma tante. Dirigée par mon père,
qui mettait en première ligne la réserve chez les
femmes, j'étais pénétrée de respect pour les convenances, et je possédais de plus que ma jolie
tante quelque usage du monde. Combien de fois
j'eus lieu de la *sermonner*, ainsi qu'elle le disait ;
souvent mes sermons ne produisaient aucun effet,
et ma mère était obligée d'intervenir dans nos
querelles.

La vie retirée que nous menions depuis le départ de mon père ne pouvait plaire à ma tante ;
aussi, au bout de quelques mois, elle nous quittait et prenait un chez-elle ; mais elle était trop
jeune pour tenir maison, surtout en l'absence de
son mari, et avant la fin de l'année, sa mère venait la chercher pour la remmener à Paris. De
nouveau, je retombai donc dans ma solitude.
Heureusement l'amour du travail s'était déve-
loppé en moi. Très-faible exécutante sur le piano,
je m'étais prise de passion pour la guitare. Je
passais des heures à des études qui enchantaient
mon maître et qui m'enchantaient moi-même.
Je ne lisais plus que de l'allemand, et j'étais parvenue à parler si correctement, disait-on, et avec

un accent si pur la langue du peuple qui m'entourait qu'on me prenait pour une véritable Allemande; seulement il était à regretter que cet accent se fit sentir lorsque je parlais français. J'avais pris aussi le goût des travaux à l'aiguille, et mes journées solitaires passaient avec la rapidité de l'éclair. Les lettres de mon père, les bulletins de la grande armée, bulletins qui annonçaient déjà de grandes victoires, étaient attendus lus et relus avec l'émotion la plus vive.

Ainsi s'étaient écoulés le printemps, l'été, l'automne de l'année 1812. Déjà l'hiver s'annonçait comme devant être très-rigoureux; pourtant nous sortions chaque soir. Un intérêt commun nous avait rapprochées encore de la femme du général D***. Madame D*** avait à l'armée son fils et son mari; tous deux faisant partie du corps d'armée westphalien, par eux nous recevions quelquefois des nouvelles de mon père, et, par nous, Madame D*** avait quelquefois des nouvelles de son mari et de son fils. Dans ces soirées à trois, de bons rires avaient lieu encore. Madame D***, je l'ai déjà dit, était fort gaie. Douée, comme elle, d'un heureux caractère, j'avais repris, avec l'imprévoyance du jeune âge, toute ma sécurité.

Tantôt nous exécutions des duos sur la guitare; mais, plus souvent encore, nous jouions l'antique *reversi* à trois, en nous faisant toutes sortes de malices. Combien, plus tard, j'ai admiré la patience et la résignation de ma pauvre mère, qui trouvait le courage de sourire à nos folies alors que son âme était navrée d'inquiétude!

Un matin M. de K*** vint nous dire que le roi était de retour.

« De retour! s'écria ma mère. La paix serait-elle conclue? »

Monsieur de K*** haussa légèrement les épaules et répondit que la paix n'était pas près d'être signée; il ajouta que mille bruits couraient sur ce retour imprévu, et que tous lui paraissant être aussi absurdes les uns que les autres, il ne se ferait l'écho d'aucun.

Aussitôt qu'il fut parti, nous nous hâtâmes, ma mère et moi, de nous rendre chez madame D***. Personne n'était plus qu'elle au fait des nouvelles de la ville et de la cour.

Elle nous répondit, avec son enjouement accoutumé, qu'il y avait bien des *on dit*. « Le plus accrédité, est celui-ci : *On dit* que l'Empereur a voulu donner le commandement en chef du

corps d'armée westphalien au prince d'Eckmühl,
et le commandement en second au roi, ce que
Sa Majesté n'a pu ni dû accepter; on ajoute que,
sur le refus du roi, ce commandement a été donné
au maréchal Junot, duc d'Abrantès. Malheureusement, continua-t-elle en riant, Sa Majesté n'a
pas songé qu'Elle me ferait grand plaisir en mettant mon mari au nombre des aides de camp
qu'Elle ramène avec Elle. »

Dès cette époque le froid commençait à sévir
avec une grande rigueur à Cassel; la nuit on
relevait les sentinelles de cinq minutes en cinq
minutes : plusieurs avaient été trouvées mortes
dans leur guérite. — Que devait donc être l'hiver
en Russie? Que de souffrances devaient endurer
nos soldats? Et cependant il n'était question que
des victoires de Mohilev, de Voluntina, de Smolensk, de Polotsk, de la Moskowa; dans les lettres
de quelques officiers, se trouvaient racontées
d'une manière plaisante les transformations su-
bies par des soldats, et même par des officiers,
affublés de pelisses de femmes en satin rose,
ou blanc, ou bleu, dont le capuchon à moitié rabattu laissait voir, au lieu d'une jolie bouche, une formidable paire de moustaches; d'au-

tres se faisaient des turbans, des cache-nez, des
écharpes avec de magnifiques tissus de cache-
mire. Et les femmes, en lisant ces détails, soupi-
raient de regret, de voir gaspiller des objets si
dignes d'envie. Les gens frivoles, de même que
ces femmes-là, voyaient une nouvelle preuve de
la gaieté, qui n'abandonne jamais les Français,
dans ces travestissements, dont l'idée ne serait
venue à personne si l'on avait eu des vêtements
convenables pour se garantir contre les rigueurs
du froid.

L'enivrement causé par le bulletin qui avait annoncé l'entrée des Français à Moscou ne s'était
pas refroidi à la nouvelle de l'incendie de cette
ville par les Russes ; il durait même encore après
la chute du palais des tzars, du Kremlin, que le
maréchal Mortier et ses braves soldats avaient
miné et fait sauter au péril de leurs jours. La
confiance dans le génie et l'étoile de Napoléon
était si entière, si complète, que l'annonce de sa
marche rétrograde sur Smolensk pour y prendre
ses quartiers d'hiver n'étonna que faiblement.
C'était pourtant le commencement de cette dé-
sastreuse retraite qui devait anéantir presque entièrement notre grande armée.

Malgré l'aveuglement dont tous nous étions frappés, une vague inquiétude commençait à pénétrer dans les âmes : de sourdes rumeurs apportaient, comme un écho affaibli, les plaintes des blessés et des soldats errants dans les steppes glacées de la Russie. Rien ne s'ébruitait encore, et l'on traitait de mensongers ou de controuvés des lambeaux de récits qui passaient tout bas de bouche en bouche.....

Insouciante par caractère, et accoutumée depuis l'enfance à vivre dans ces anxiétés, qui sont, en temps de guerre, le partage des femmes et des filles de militaires, je cherchais à encourager ma mère en mettant mes rêves à la place de la réalité. Les lettres de mon père, rares et brèves, étaient toujours de vieille date. Depuis longtemps nous n'avions plus de nouvelles de mon oncle ; mais pour moi la difficulté des communications expliquait tout. Ma mère, me laissant à mes illusions, renfermait en elle-même ses angoisses ; bientôt la souffrance morale épuisa ses forces et elle tomba malade.

Notre médecin était un Allemand flegmatique, mais bon. Il crut de son devoir de ne pas me laisser ignorer que ma mère était en danger ; que pendant neuf jours il ne pouvait répondre de la sauver. Vivement alarmée, je remerciai madame D*** qui m'offrait les services de sa femme de chambre, et je déclarai que nulle autre que moi ne soignerait ma mère. Ce n'était pas la première fois que je remplissais les fonctions de garde-malade; mais cette fois je me trouvais sur la terre étrangère, et mon isolement me faisait peur. Le médecin venait trois fois par jour; il fallait toutes les cinq minutes faire prendre à la malade une cuillerée des médicaments ordonnés. La vieille Rosine, qui nous servait depuis notre arrivée à Cassel, me secondait de son mieux. Comment peindre ces longues journées, ces longues nuits d'angoisses passées au chevet de mon ange gardien! Je retenais mes larmes, car ma mère avait toute sa connaissance, et bien des fois, comme si souvent je l'ai fait depuis, je suivais des yeux, cachée derrière les rideaux du lit, la vieille Rosine qui paraissait veiller seule.....

Dieu eut pitié de moi : ma mère fut sauvée. Une lettre de mon père arriva le jour même où elle entrait en convalescence, et cette lettre releva son courage.

Nous venions d'atteindre le dernier jour de

cette terrible année de 1812, si féconde en revers.
Ce jour-là, dans toute l'Allemagne, les familles,
les amis réunis attendent le premier coup de minuit pour s'offrir mutuellement leurs vœux du
nouvel an.

Ce jour-là, ou plutôt cette nuit-là, ma mère et
moi nous nous tînmes longtemps embrassées en
pleurant. Quelle différence entre le 31 décembre 1812 et le 31 décembre des années précédentes ! Plus de fêtes, plus de visites empressées!
Et pourtant tout s'agitait comme de coutume dans
la ville. J'entendais le grelot des chevaux qui faisaient voler les légers traîneaux. Pendant les longues veilles qui avaient précédé, des cris joyeux,
de fous rires avaient souvent frappé mon oreille.
Il n'y avait plus de bals parés à la cour, ni chez
les ministres; mais au théâtre, après le spectacle,
on dansait et l'on s'intriguait sous le masque,
comme à l'Opéra de Paris. C'est un contraste bien
pénible que celui qui nous est offert par les souffrances et les inquiétudes ressenties auprès du lit
d'un malade, et les éclats d'une joie bruyante
venant du dehors.

Avec l'année qui finissait, finissaient aussi
mes rêves dorés. Le matin même, ma mère avait

donné congé de l'appartement que nous habitions, et, pour nous, allait recommencer avec la nouvelle année une vie de privations et de gêne, interrompue pendant bien peu de temps.

Au printemps de cette terrible année de 1812, ma mère comptait sous les drapeaux deux neveux, fils de sa sœur bien-aimée, qui voyait en eux l'espoir de sa vieillesse et l'appui, le soutien de leurs sœurs. Tous deux avaient conquis leurs grades sur les champs de bataille. L'aîné, chef de bataillon, avait été tué devant Smolensk, et ma mère avait dû annoncer l'affreuse nouvelle à une autre mère ! L'année 1813, qui venait de s'ouvrir, année non moins terrible, fut marquée pour nous par une autre perte irréparable : mon oncle, le général G***, après avoir échappé aux dangers des combats et à ceux d'une retraite sans précédent dans l'histoire, succombait à Thorn de la fièvre nerveuse qui achevait de décimer notre malheureuse armée !

La douleur de ma mère en recevant cette nouvelle ne peut s'exprimer : elle ne pleurait pas, elle ne sanglotait pas ; aucune plainte ne s'échappait de ses lèvres serrées ; ses yeux hagards me regardaient sans me voir…. Effrayée de ce silence, j'envoyai chercher madame D***, qui vint aussitôt; elle parvint à faire couler les larmes de ma mère en lui parlant de sa fille, et de toute cette famille que la mort de mon oncle allait plonger dans la désolation. Longtemps nous confondîmes nos pleurs, enlacées dans les bras l'une de l'autre.

Mon angélique mère unissait, à une grande chaleur de cœur et à une sensibilité profonde, une énergie morale qui l'a soutenue jusqu'à son dernier jour; la pensée d'un devoir à remplir relevait son courage et l'aidait à dompter sa douleur. Ce n'était pas seulement à elle que la mort enlevait le meilleur des amis; à sa fille était ravi un protecteur; à toute sa famille un bienfaiteur.

Une lettre de mon père, qui avait deux mois de date, lui apporta cependant quelques consolations, et pour sa fille elle recouvra la force de s'occuper des soins matériels de la vie. Il fallait nous loger, et il fallait le faire le plus économiquement possible. Ma mère voyait l'avenir sous de sombres couleurs, et elle voyait juste. Longtemps, on avait traité de mensongers les récits qui commençaient à circuler sur les désastres qu'éprouvait notre grande armée. Ces récits avaient une telle ressemblance qu'on ne pouvait douter qu'ils ne fussent fondés sur des faits trop réels, et en frissonnant ma mère se disait : Tout est perdu !

M. F..., commissaire des guerres, et sa femme, qui étaient pour nous plus que de simples connaissances, et qui, depuis notre arrivée à Cassel, n'avaient cessé de nous témoigner une sincère affection, découvrirent dans la maison voisine de la leur un petit appartement qui convint à ma mère. Le voisinage des deux époux était pour nous une chose précieuse. L'appartement une fois loué, ma courageuse mère s'occupa de vendre une grande partie de notre ameublement. Le prix qu'elle en retira fut employé à payer plusieurs mémoires et à diminuer ainsi le nombre des dettes contractées forcément pour l'entrée en campagne. De toutes nos superfluités, elle n'avait conservé que deux grands tableaux auxquels mon père tenait beaucoup : comme nous n'avions pas d'emplacement pour les mettre, mon professeur d'allemand, monsieur Delorme, voulut bien les recevoir en dépôt, ainsi que les livres de mon père et plusieurs portefeuilles remplis de dessins et de gravures. Là ne devait point se borner l'obligeance de l'excellent homme. Il arrive que trop souvent dans la prospérité on néglige les humbles amis que ne distinguent ni le rang, ni la fortune, ni les dehors, et pourtant, dans l'adversité, on est bien heureux et certain de les trouver toujours.

A peine établies dans notre nouvelle demeure, ma mère s'occupa de se procurer des travaux de lingerie. Touchée de son courage, la noble famille de W*** fut des premières à lui en trouver. C'était la première fois que je me voyais appelée à tirer parti de mon aiguille. J'en fus humiliée d'abord ; mais ma digne mère me ramena à des idées plus justes sur la position qui nous était faite par le sort. Nous devions, avant tout, tenir à honneur de remplir les engagements pris par mon père. Avec le produit de notre travail, il nous serait possible de subvenir aux premiers besoins de la vie, et, par conséquent, d'appliquer à l'extinction de nos dettes une portion plus forte de la délégation qui lui avait été laissée. Agir ainsi, c'était, non s'abaisser, mais s'élever dans l'opinion des gens de cœur.

Comme toujours, ma mère avait raison : les

témoignages d'estime que nous recevions chaque jour nous le prouvèrent. La famille de **W*****, entre autres, qui, au temps de notre prospérité avait conservé avec nous une certaine morgue, devint affectueuse. La mère et la fille venaient nous chercher en voiture pour nous faire faire quelques promenades hors de la ville, et par elles nous apprenions les désastres trop réels qui coûtaient la vie à nos soldats et à nos officiers dans la glaciale Russie. Ces récits n'étaient pas faits avec acrimonie ; mademoiselle de **W*****, fiancée à un Français, officier dans les carabiniers de la garde royale, partageait nos inquiétudes, nos angoisses. Bientôt, hélas! les visites de ces dames cessèrent : le fiancé de mademoiselle de **W***** avait été tué dans un de ces combats journaliers que livraient les Russes à nos malheureuses troupes. En Allemagne, le lien des fiançailles est regardé comme aussi sacré que le lien du mariage, et il impose les mêmes obligations. Mademoiselle de **W***** prit donc le grand deuil de veuve, et toutes ses relations avec le monde furent pour longtemps interrompues.

Un camp avait été établi auprès de Cassel ; là on exerçait journellement les nouvelles recrues levées sur tous les points du royaume, et on les accoutumait à coucher sous la tente. Le roi passait souvent la revue, et toute la ville allait assister aux grandes manœuvres qui avaient lieu particulièrement ces jours-là. Madame F*** ayant obtenu de ma mère la permission de m'emmener avec elle, un matin que son mari se rendait au camp, je partis en leur compagnie. Une inspection avait lieu ; elle était faite par un général. C'était le général ***! En voyant ma stupéfaction, monsieur F*** me dit : « Vous ne saviez donc pas qu'il est arrivé depuis peu de jours ?

— Et comment est-il revenu de l'armée pendant qu'on se bat ?

— Sur un ordre du roi, probablement ; ou peut-être a-t-il été envoyé en mission par le général Junot.

— Et mon père ?

— Il vous en donnera sans doute des nouvelles. »

Troublée par cette rencontre imprévue, et toute préoccupée de la pensée de mon père, je ne pris aucun intérêt à ce qui se passait sous mes yeux. J'éprouvais la plus vive impatience de retourner

au logis pour dire à ma mère : le général ***
est ici !

En l'apprenant, ma mère s'habilla et se rendit
en toute hâte chez lui ; mais il n'était pas encore
rentré. Le lendemain elle se préparait à lui faire
une nouvelle visite, lorsque nous le vîmes paraître.

Aux pressantes questions de l'épouse inquiète,
le général *** répondit brièvement que mon père
n'était pas au quartier général au moment de son
départ; le voyage à travers un pays, théâtre de
la guerre, avait été fort long et hérissé de difficultés autant que de dangers... Il fallut se contenter de ces laconiques réponses. Quant à l'état
des affaires en Russie, le général *** fut plus laco-
nique encore; il dit quelques mots de la conspi-
ration Mallet, qui avait mis l'Empereur dans la
nécessité de se rendre à Paris. Les troupes avaient
ordre de marcher sur Wilna, où elles trouveraient
un grand approvisionnement de vivres et de vêtements. Sans doute les officiers et les soldats
souffraient du froid rigoureux, mais la belle saison viendrait alléger leurs souffrances, et une
nouvelle et glorieuse campagne tarderait peu à
s'ouvrir. Voilà tout ce que ma mère put obtenir

du général ***. Il eut cependant la condescendance d'expliquer le retard éprouvé par les lettres venant de l'armée : les courriers étaient obligés de faire de longs détours pour échapper aux bandes de Cosaks qui se montraient partout.

Depuis près de trois semaines le général *** était de retour, et les nouvelles touchant l'armée devenaient de plus en plus désolantes, lorsque nous reçûmes la visite, bien inattendue, de Son Excellence le baron de B*** de S***. Le baron était ministre plénipotentiaire d'Autriche près du roi de Westphalie. En tout temps il avait témoigné à mon père une estime pleine d'affection.

« Le colonel n'est donc pas de retour?

— De retour? mais, Excelllence, on se bat.

— Qu'importe? répondit le baron; j'étais présent le jour où le roi a signé deux ordres de rappel, l'un pour le général ***, l'autre pour le colonel Ulliac, en ajoutant ces paroles pleines de bonté : « Ulliac compte assez de bons et loyaux services pour que je le rende à sa famille, dont il est le seul appui. » J'ai la certitude, continua le baron, que les deux ordres sont partis le même jour, par le même courrier, pour le quartier général du corps d'armée westphalien.

— Mon Dieu, s'écria ma mère, mon mari n'était pas alors au quartier général !

— Mais quelqu'un, reprit le baron, a dû avoir connaissance de cet ordre, on a dû l'envoyer au colonel dans quelque lieu qu'il se trouvât.

— Il faut que mon mari ne l'ait pas reçu, dit ma mère. Sa Majesté connaît trop bien son cœur pour croire qu'il n'ait pas senti cette extrême bonté, ou pour supposer qu'il désobéisse sciemment comme sujet à son roi, comme soldat à son chef. Aujourd'hui même, j'irai voir le général***.

— Ne faites aucune démarche, madame, je vous en supplie, dit le baron, avant d'avoir écrit au colonel. Quand vous aurez reçu sa réponse, vous verrez s'il est urgent de demander une audience au roi.

— Ah ! Excellence, cette réponse peut se faire attendre ! pendant ce temps on se bat journellement...

— Madame, répondit le baron, une fausse démarche pourrait compromettre votre mari; écrivez-lui sans tarder, et ne parlez à personne de ce que je vous ai appris. »

Ma mère écrivit le jour même, en me recommandant le silence le plus absolu sur ce que je venais d'entendre. Ce silence je l'ai gardé jusqu'en 1853. A cette époque, l'occasion bien désirée s'offrit de faire placer sous les yeux de son Altesse Impériale le prince Jérôme Napoléon l'exposé de ce qui s'était passé au printemps de l'année 1813, à propos de cet acte de rappel qui n'était point parvenu à son adresse. J'avais à cœur de laver la mémoire de mon père de tout reproche de désobéissance. Je reçus en réponse des paroles honorables pour la mémoire de mon père chéri, et des paroles bienveillantes pour moi-même. J'en éprouvai une vive gratitude.

Ma mère écrivit ; mais déjà mon père était prisonnier. Si les bontés du roi pour lui et sa famille avaient eu leur effet, notre sort eût été bien différent : mon père serait rentré dans sa patrie avec le roi, il aurait été réadmis, sans difficulté, au service de la France, avec l'avancement auquel il avait droit, et je n'aurais pas eu à subir les dégoûts qui attendent la femme auteur dans la carrière des lettres.

En vain les douces influences de la belle saison se faisaient sentir, en vain la terre s'était couverte de verdure et de fleurs, quelque chose d'amer et de triste oppressait l'âme. C'est que chaque jour qui s'écoulait jetait une lumière plus vive sur ce qui se passait en Russie. Longtemps on avait parlé tout bas du désaccord qui s'était manifesté entre les chefs des différents corps de l'armée dès l'ouverture de la campagne, et des résistances que le chef suprême, accoutumé à se voir obéir au premier mot, avait eu à vaincre ; maintenant on en parlait tout haut. Longtemps, aussi, on s'était raconté tout bas les détails de la retraite depuis Moscou ; maintenant ces détails étaient connus de tous et glaçaient les cœurs d'épouvante.

Chaque jour ajoutait de nouveaux faits, encore plus affreux, à tous ceux qui avaient marqué le dernier passage de la Bérésina, exécuté sous le feu des Russes par l'innombrable multitude de soldats blessés, soldats sans armes ou armés, d'officiers de tous grades et de cette foule de gens qui suivent toujours les armées. Les voitures, les caissons, les canons, les chevaux encombraient encore l'étroit passage, que se disputaient avec acharnement des malheureux mourant de faim et de froid. Du sein de ce tumulte montaient vers le ciel des cris déchirants, des imprécations, des sanglots de femmes et d'enfants poussés, repoussés, foulés en tous sens, et dont la plupart

9.

finirent leur courte existence au milieu des glaçons de la Bérésina..... Horribles souvenirs !

Ma pauvre mère cherchait partout quelques détails qui pussent la rassurer sur le sort de mon père. Des lettres arrivèrent à plusieurs familles de la ville ; dans deux de ces lettres seulement il était dit que le colonel Ulliac avait été vu sur la route de Wilna après le dernier passage de la Bérésina ; mais cette ville, où les débris de notre armée étaient entrés le 10 décembre, avait été, à la suite de combats acharnés, prise par les Russes le 11. Était-ce avant ou après la prise de Vilna que mon père y était entré ? Nul ne put nous le dire.

Que d'angoisses, que de nuits passées dans l'insomnie et les larmes ! pas une seule lettre, pas un seul indice sur le sort de mon père depuis la prise de Wilna. D'autres inquiétudes vinrent s'unir à celles-là : nos alliés nous abandonnaient. La défection de l'Autriche et celle de la Prusse n'étaient que trop réelles ; nous apprîmes le départ des ministres plénipotentiaires de ces deux puissances, en recevant la carte du baron de B*** de S***, avec ces trois lettres tracées au crayon : *p. p. c.* (pour prendre congé).

Cependant les victoires de Bautzen et de Lut-
zen, remportées par l'empereur avec des conscrits
sur des troupes rompues au maniement des armes,
ranimèrent un instant les espérances de quelques-
uns. Mais après le congrès de Prague, l'Autriche
se déclara ouvertement contre nous, et ce fut en
vain que l'empereur vainquit une fois encore à
Dresde. Bientôt nous eûmes la triste certitude
qu'un corps d'armée russe marchait sur la Hesse.
Ce bruit, d'abord vague, prenait chaque jour
plus de consistance. Les soldats blessés qui venaient faire viser leur feuille au bureau du commissaire des guerres, M. F***, donnaient de tels
détails qu'on ne pouvait douter de la rapidité avec
laquelle l'ennemi avançait. Le roi, à la tête de
plusieurs régiments, partit pour aller défendre
ses frontières.

Ma mère vénérée comprit qu'un grand danger
approchait ; sans hésiter elle fit ses préparatifs de
départ.

Depuis un an nous n'avions même plus de servante. Une femme de peine nous donnait deux
heures chaque matin pour le gros ouvrage, et
pour le service d'un vieux Français auquel ma
mère avait consenti à sous-louer une chambre

tout à fait séparée des deux pièces que nous occupions. Lorsque ma mère déclara à ce dernier
qu'elle allait emballer tout son linge, et qu'elle ne
pouvait plus lui en donner ni pour le lit ni pour
la toilette, il eut un tel accès de colère que toute
la maison accourut à ses cris. La femme du propriétaire, ancien maître maçon, jolie femme s'il
en fut, ne parlait pas le français, mais elle en
comprenait quelques mots. Elle entendit donc
parfaitement que ce vieillard furieux jetait feu
et flamme contre tout le monde, et surtout contre
les Allemands. Elle me dit alors dans sa langue
maternelle : « Si les Russes prennent la ville, cet
homme-là est capable de nous faire fusiller tous ;
dites donc à votre maman qu'elle le renvoie. »

Je n'osai répéter ce message à ma mère en présence du vieillard, qui, tout à coup se mit à pleurer, en disant que cette guerre de Russie était sa
ruine, qu'elle lui ferait perdre sa place, place bien
médiocre, et que déjà il ne savait plus comment
vivre, parce que le restaurateur chez lequel il
prenait ses repas refusait de lui faire crédit. Il
supplia ma mère de ne pas le chasser, et il lui
avoua qu'il n'avait pas mangé depuis la veille.

« Monsieur, répondit mon excellente mère, je

ne puis vous aider que momentanément, car moi
aussi je suis à la veille de tout perdre ; mais pour
aujourd'hui du moins, partagez notre mince ordinaire. Seulement ne renouvelez pas une scène
qui, en cas de malheur, vous ferait chasser par le
propriétaire de la maison. »

De ce jour, le petit vieillard fut ponctuel à l'heure
des repas. Si encore il se fût montré reconnaissant ! mais il *grognait* quand le dîner n'était pas à
son goût, et j'admirais l'angélique patience de ma
mère.

Quelques jours s'étaient passés ainsi, lorsqu'un
matin arriva madame D***.

« Il y a eu, nous dit-elle, une affaire d'avant-
postes ; ma calèche est en bas ; je veux aller faire
une reconnaissance.

— Seule? nous écriâmes-nous, alarmées de sa
résolution. »

En ce moment M. F*** entra.

« On s'est battu, nous dit-il, mais les Russes
ont été mis en déroute.

— Loin d'ici? demanda madame D***.

—A deux petites lieues seulement, sur la route
de...

— Il faut aller voir cela. Voulez-vous venir avec moi, monsieur F*** ? j'ai ma voiture.

— Volontiers ; mais j'ai un mot à dire à ma femme. »

Moi aussi, je me serais de grand cœur mise de la partie ; pourtant je n'osai en rien témoigner.

Quelques minutes après, monsieur F*** était de retour avec madame F***, qui ne paraissait pas absolument satisfaite de la détermination de son mari ; mais madame D*** la plaisanta, et emmena triomphalement monsieur le commissaire des guerres, qui, un peu ébranlé par les observations de sa femme, ne savait plus trop s'il n'aurait pas mieux fait de rester.

La journée entière se passa sans nouvelles des deux curieux ; la soirée de même, puis la nuit. Nous veillâmes toute cette nuit, avec la pauvre dame F***, qui fondait en larmes, s'inquiétait, se plaignait avec raison d'une telle étourderie, dans un moment où le commissaire des guerres et ses deux commis avaient tant à faire.

Le lendemain matin pas de nouvelles. Enfin, le surlendemain, après une seconde journée et une seconde nuit de pénible attente, arriva une lettre de monsieur F*** et un mot de madame D***.

Dans un style un peu ampoulé, monsieur le commissaire des guerres racontait qu'après avoir eu à traverser un champ de bataille jonché de morts et de mourants, ils avaient aperçu, dans un grand lointain, quelques hommes à cheval, armés de lances et qu'ils avaient reconnus être des Cozacks. Heureusement, la calèche était attelée d'excellents chevaux ; le cocher les avait mis au galop et, après avoir couru nuit et jour sans s'arrêter, on était enfin arrivé à Francfort. La lettre se terminait par la demande de vêtements et d'argent. Il n'y avait pas moyen de penser au retour. Les chevaux étaient hors de service ; on ne pouvait prendre la poste faute d'argent, ni quitter l'hôtel sans payer la dépense déjà faite. Monsieur le commissaire des guerres donnait des renseignements pour que ses commis fissent toute la besogne en son absence. Madame D***, de son côté, racontait la chose, mais plus gaiement, et priait ma mère de vouloir bien dire à sa femme de chambre d'apporter chez madame F*** un paquet de vêtements et une somme d'argent.

La pauvre madame F*** dut prendre son parti, et expédier, par la voie que son mari indiquait, ce que madame D*** et lui demandaient.

Le jour suivant on crut entendre quelques coups de canon dans le lointain. Vers le milieu de la journée, les personnes qui guettaient du haut de la terrasse ce qui se passait dans la plaine, assurèrent qu'on voyait briller à l'horizon, sous les rayons du soleil, des baïonnettes et des lances. Le soir des feux de bivac parurent dans le Forst; avec le secours de quelques longues-vues, on avait acquis la certitude que c'étaient les Russes qui approchaient, et, le lendemain, dès la pointe du jour, on reconnut que la ville était cernée.

Nous, pauvres étrangères, nous parvenions bien difficilement à apprendre quelques nouvelles. Madame F***, épouvantée de se trouver, en de telles circonstances, privée de son mari, perdait tout à fait la tête. Quant à notre vieux Français, il allait, venait, montait, descendait, sortait, rentrait, rapportant chaque fois des bruits plus absurdes les uns que les autres.

A peine restait-il dans la ville un ou deux régiments, et l'on ne pouvait pas compter sur leur fidélité au roi; ces régiments étaient en grande partie composés de Hessois : il ne s'y trouvait qu'un très-petit nombre d'officiers français. La garde nationale avait pris les armes ; mais ceux

qui la composaient aspiraient aussi à la rentrée
du landgrave. Cependant le roi pouvait battre les
Russes et reprendre possession de sa capitale, il
fallait donc au moins sauver les apparences et
feindre de se défendre.

A la première sommation qui fut faite à la ville,
on répondit bravement que la ville ne se rendrait
pas. Aussitôt quelques boulets et quelques balles
commencèrent à siffler en l'air. En ce moment,
j'étais seule à la maison avec madame F***, ma
mère ayant voulu se procurer par elle-même des
nouvelles positives.

« Ma mère ! où est ma mère ? m'écriai-je en
courant vers la porte pour aller la chercher.

Madame F*** me retint par mes vêtements, en
me disant : « Me laisserez-vous seule ? Savez-vous,
d'ailleurs, où madame Ulliac est allée ? »

Mais je m'échappai de ses mains, et je descendis rapidement l'escalier. Sur le seuil, je me
trouvai en face de ma mère.

« Ma fille, ma pauvre fille ! s'écria-t-elle en
me serrant dans ses bras avec un mouvement
convulsif; montons vite et recommandons-nous
à Dieu. »

Ma mère, si courageuse, était pâle et tremblante. Elle sanglotait sans pouvoir pleurer.

« Que serais-tu devenue, mon Dieu.... si j'avais été tuée au lieu de ce malheureux que j'ai vu tomber sur la place Frédéric.

— Tuée ! » et, glacée de terreur, je me jetai à son cou, en la serrant étroitement contre moi.

Ma mère nous dit qu'au moment où elle passait sur la place Frédéric, un boulet avait ricoché en la couvrant de sable et en tuant près d'elle un homme.

Les balles sifflaient dans notre rue, et nous entendîmes quelques toitures se briser sous les boulets. Des militaires nous dirent, plus tard, qu'évidemment les Russes avaient ménagé la ville ; car si le tir eût été dirigé dans l'intention d'abattre les maisons ou d'y mettre le feu, on n'en aurait pas été quitte pour si peu ; mais nous, pauvres femmes, nous avions pris la chose au sérieux, et, tout en larmes, nous nous serrions les unes contre les autres.

Le soir, la ville était rendue, et déjà des nuées de Cozacks parcouraient les rues.

La femme du propriétaire, madame Schœn, vint nous en apporter la nouvelle.

« Mon mari, dit-elle, ne veut pas qu'il vous

arrive rien à toutes deux. Nous allons avoir à loger au moins dix Cozacks ; descendez chez nous. Madame Ulliac, qui ne parle pas allemand, ne dira pas un mot ; ce sera comme notre tante malade. Vous, mademoiselle, quoique vous parliez bien allemand, dites le moins de paroles possible. Je vais vous arranger avec un bonnet et différentes choses à moi, car vêtue comme vous voilà, on vous reconnaîtrait pour une Française.

— Et cette dame, notre amie ? demandai-je en montrant madame F***.

— Elle peut venir aussi, si bon lui semble. Quant au vieux monsieur, qui est allé courir je ne sais où, il trouvera la porte fermée. »

Madame F*** préféra s'en retourner chez elle.

Ma mère et moi nous descendîmes chez ces braves gens, qui n'aimaient pas les Français, nous le savions, mais qui, avant tout, étaient humains.

M. Schœn, aussi laid que madame Schœn était jolie, nous reçut d'un air rébarbatif, probablement il n'avait fait que céder aux instances de sa femme. Il s'informa de celle-ci, si elle avait préparé des vivres pour les soldats russes qu'ils allaient avoir à loger. Elle répondit que oui, et le pria d'aller veiller à ce qui se faisait dans la cuisine.

Dès qu'il fut sorti, elle se hâta de faire placer ma mère dans un grand fauteuil, de l'envelopper de châles et de coussins, et de la coiffer d'un mouchoir de soie, de manière à lui cacher presque entièrement la figure.... Quand mon tour fut venu, elle m'arrangea de telle sorte, qu'après la toilette faite, j'éclatai de rire en me regardant dans une glace.

« Ah ! ma fille ! peux-tu rire dans un tel moment ! dit ma mère. »

Mais ce rire-là était le rire nerveux qu'excitent souvent les émotions violentes.

« Chut ! chut ! murmura madame Schœn, pas un mot de français, s'il vous plaît ! »

Nous entendîmes à la porte plusieurs cavaliers qui mettaient pied à terre, et le bruit de grands sabres traînant sur le pavé.

M. Schœn fit entrer les Cozacks dans la cour. Quand ils eurent attaché leurs chevaux, en jetant à la portée de ceux-ci les bottes de foin achetées à cet effet, ils suivirent dans la cuisine M. Schœn, qui leur en montra le chemin.

Madame Schœn nous quitta pour aller voir si ses hôtes ne manquaient de rien.

Je m'assis sur un tabouret aux pieds de ma mère, et nos deux mains enlacées, nos deux têtes appuyées l'une contre l'autre, nous restâmes en silence, perdues dans des réflexions bien amères. Ce silence n'était troublé que par le bruit des patrouilles à cheval, qui se croisaient fréquemment dans la rue et par les mots de : *Wer da ?* (Qui va là ?) auxquels on répondait par le mot d'ordre.

II

Il était près de minuit, lorsque madame Schœn revint dans la *wohnstube* où elle nous avait laissées ma mère et moi, éclairées seulement par une petite lampe. Elle me dit en parlant très-bas, que les Cozacks qui lui avaient été envoyés à loger se montraient fort pacifiques.

« Tous dorment déjà sous le ventre de leurs

chevaux, ajouta-t-elle. Dites à votre maman d'être bien tranquille ; d'ailleurs, M. Schœn et moi, nous ne nous coucherons pas de la nuit : on ne sait ce qui peut arriver.

— Ainsi, demandai-je en parlant à mon tour bien bas, nous pouvons remonter chez maman ? »

Madame Schœn répondit par un signe affirmatif, et je murmurai à l'oreille de ma mère : nous pouvons remonter, ne dit pas un mot.

Ma mère se leva, pressa dans les siennes les mains de madame Schœn, m'attira dans ses bras, et murmura à son tour bien bas, très-bas : *Dank!* (merci!)

Madame Schœn mit le doigt sur ses lèvres et nous reconduisit jusqu'à l'escalier; des larmes brillaient dans ses yeux : elle avait compris que c'était surtout pour sa fille que ma mère la remerciait.

Nous passâmes à la fenêtre le reste de la nuit. Lorsque nous avions quelques pensées à nous communiquer, nous rentrions un instant en poussant les châssis, tant nous craignions de compromettre par une imprudence les braves gens qui nous avaient prises sous leur protection. A la tranquillité qui régnait partout, personne n'aurait pu croire que la ville était au pouvoir de l'ennemi.

Le lendemain matin, curieuse de voir quelle figure avaient des Cosacks, j'allai bien doucement regarder par la fenêtre de l'escalier qui donnait sur la cour. A la vue de ces longues barbes, de ces figures rébarbatives, coiffées d'un singulier bonnet à poil, je reculai. Mais, la curiosité l'emportant sur la crainte, je regardai encore. Rien de plus sale et de plus disparate que les vêtements de ces hommes, vrais sauvages, et pourtant j'appris plus tard qu'ils appartenaient à un régiment de Cosacks disciplinés.

Au moment où je regagnais furtivement la porte de notre appartement, je restai stupéfaite à la vue du vieux Français, que je croyais bien loin. Il allait me parler, mais je lui fis signe de me suivre en silence.

« Où étiez-vous donc caché? lui demandai-je, lorsque je fus certaine qu'on ne pouvait nous entendre.

— Dans ma chambre, répondit-il d'un ton bourru.

— Monsieur, lui dit ma mère, au nom de notre repos à tous, je vous prie de ne point commettre d'imprudence.

— Oh ! la vue de ces Cosacks me met hors de moi ; dit-il en frappant du pied.

— Silence, au nom du ciel ! reprit ma mère, on a heurté à la porte : c'est sans doute madame Schœn. »

J'allai ouvrir.

C'était Adélaïde, la femme de chambre de madame D*** ; elle portait au bras un panier soigneusement couvert, et qui paraissait être lourd. La brave fille nous raconta que dès les premiers coups de feu, la cuisinière étant sortie pour aller s'informer de ce qui se passait, elle avait profité de son absence pour mettre en lieu sûr les bijoux, les dentelles, l'argenterie de sa maîtresse.

« Nous avons vingt Russes à loger à la maison, ajouta-t-elle ; je ne peux pas les empêcher de trouver le chemin de la cave, s'ils le cherchent, non plus que celui de l'office ; mais je me suis dit que si madame était ici, elle enverrait tout ce qu'elle pourrait à madame et à mademoiselle, attendu qu'il ne sera pas facile de se procurer quelque chose en ville. J'apporte donc pour l'instant, du chocolat, des confitures et deux bouteilles de vin fin.

— Adélaïde, répondit ma mère, je vous remercie de votre bonne volonté, mais je n'accepte rien.

— Comment, comment ! s'écria notre vieux locataire. Voulez-vous donc nous faire mourir de faim? Cette fille a raison : mieux vaut donner aux Français, que de laisser dévorer tout aux Russes.

Déjà il avançait la main et allait s'emparer de quelqu'une des provisions posées sur la table. Ma mère fit un mouvement comme pour lui arrêter le bras, mais se détournant aussitôt, elle dit avec cette douceur qui la caractérisait : « Usez, monsieur, des dons que cette brave fille a eu l'idée de m'offrir au nom de sa maîtresse; mais, je vous en prie, disons-nous adieu pour toujours ! »

Sans se le faire répéter, il s'empara de quelques livres de chocolat, de deux bouteilles de vin, et il disparut.

« Remportez le reste, Adélaïde, dit ma mère. Quand votre maîtresse sera de retour, vous lui direz ce que vous avez vu. Comment les troupes qui sont entrées dans la ville s'y comportent-elles? »

Adélaïde répondit qu'officiers et soldats se montraient parfaitement polis envers les personnes chez qui on les avait logés, et qu'on était aussi libre d'aller et venir dans les rues que si on n'était pas au pouvoir des ennemis; chacun se rassurait donc et semblait prendre son parti.

Plusieurs jours se passèrent ainsi; madame F***, ma mère et moi, nous ne dormions guère. Chaque nuit, nous nous jetions tout habillées sur nos matelas, et chaque nuit nous nous relevions vingt fois au moindre bruit. L'apparente tranquillité que nous donnait l'ennemi était pour nous comme ce silence qui précède les grands orages. Les troupes conduites par le roi avaient-elles donc toutes péri? Aucun effort ne serait-il tenté du dehors pour nous délivrer des Russes?

Madame F*** et nous, nous ne nous quittions pas d'un instant. La pauvre femme, toujours sans nouvelles de son mari, se demandait souvent s'il avait reçu, ainsi que madame D***, l'argent et les vêtements expédiés par elle. Les commis de M. le commissaire des guerres n'avaient rien à faire, car aucun soldat français ne venait plus faire viser sa feuille de route. Moi, de mon côté, je me demandais ce que devenait Isaure, dans cette crise si pénible pour nous. Les bureaux des ministères étaient fermés, et un silence de mort régnait dans ces hôtels, jadis encombrés par la foule. Faut-il le dire? Tzernitchef donnait des fêtes dans son camp, et un grand nombre des femmes de la ville, des Françaises même, s'y rendaient. Hélas! on ne trouve que trop de gens comme notre vieux locataire, et comme les femmes qui allaient danser aux bals de Tzernitchef.

Un matin, madame F*** accourut tout émue, et nous dit : « Un des commis de mon mari vient de m'apporter l'incroyable nouvelle qu'il n'y a plus une seule tente ni un seul Russe sur le Forst. On le disait dès le point du jour en ville ; ne pouvant le croire, il est allé sur la terrasse de la place Frédéric pour voir par lui-même, et rien n'est plus vrai.

— Est-ce bien possible ! s'écria ma mère.

— Si vous voulez, madame Ulliac, nous irons voir toutes les trois. C'est sans doute parce que cette retraite était préméditée qu'on a fait rentrer au camp tous les soldats logés chez les bourgeois. »

En effet, il n'y avait plus sur l'immense plaine du Forst que les monceaux de cendre noircie qui indiquaient la place des bivacs. Les Russes avaient-ils fui, ou bien était-ce une ruse de guerre?

Crédule comme on l'est au jeune âge, je voulais persuader à ma mère que l'approche de la grande armée avait suffi pour mettre les Russes en déroute; mais ma pauvre mère avait trop présent à l'esprit le récit des désastres de cette terrible campagne pour partager ma croyance.

La journée se passa pour tout le monde dans une anxiété fébrile, et la nuit fut plus agitée encore. Cette fois la garde nationale faisait son devoir avec régalarité; il s'agissait de la sûreté de tous.

Le jour suivant, le bruit se répandit qu'une rencontre avait eu lieu avec les troupes du roi et que celles-ci, victorieuses, venaient reprendre possession de la ville. Il était impossible de s'en rapporter à ce que disaient les Allemands sur ce sujet, et, isolées comme nous l'étions, sans aucune relation avec quelque Français à même par sa position de savoir ce qui se passait, nous vivions dans une incertitude cruelle.

Le retour du roi mit fin à toutes les conjectures. Le commandement de la ville, déclarée en état de siége, fut donné au général ***. Le pavé des rues retentissait jour et nuit sous le poids des canons et des caissons, et l'on sut bientôt que le général avait déclaré qu'il incendierait et ferait sauter Cassel plutôt que de rendre la place. Cette terrible menace épouvantait d'autant plus qu'on le savait homme à tenir parole.

Enfin arriva une lettre de M. F***, et une autre de madame D***. La route était donc libre du côté de Francfort. Ma mère n'hésita pas un moment à prendre le parti de fuir. Après y avoir réfléchi, elle se décida à envoyer à Francfort nos malles par le roulage, en se disant que, si la diligence qui devait nous conduire à Francfort était pillée en route, tout, du moins, ne serait pas perdu.

Elle se disposait à sortir pour aller arrêter nos places, lorsque M. de K*** arriva ; ma mère l'estimait grandement et ne pouvait douter de l'affection qu'il portait à mon père ; aussi lui demanda-t-elle son avis sur ce qu'elle projetait de faire.

« Madame, répondit M. de K***, je vous approuve complétement. La cause des Français me paraît être perdue, et je venais vous engager à pas-

ser au ministère de la guerre pour vous faire payer
un arriéré de solde dû au colonel Ulliac comme à
beaucoup d'officiers. Aussitôt que cette affaire
sera terminée, partez sans nul retard ; d'ici à
Francfort la route est libre. Croyez-le bien, madame, ajouta-t-il avec une émotion qui nous tou-
cha, le colonel Ulliac, sa femme et sa fille laisse-
ront ici dans plus d'un cœur allemand un souvenir
doux et durable. »

En disant ces mots, il porta à ses lèvres la main
de ma mère, nous salua avec respect et se retira.

La démarche qu'il avait conseillée fut faite à
l'instant, et elle eut le résultat qu'il en attendait.
Avec un peu d'hésitation ma mère se rendit au
bureau du chevalier de C***. Bonne comme toujours, elle désirait me rapporter des nouvelles d'I-
saure. M. de C*** était chez le ministre. En vain
elle avait espéré recueillir quelques détails sur la
position du corps d'armée westphalien : les troupes russes arrêtaient au passage tous les courriers.

Plus triste et plus inquiète que jamais, elle
alla arrêter nos places à la diligence pour le lendemain soir, jour de départ. Pas un seul voyageur
n'était encore inscrit. Au retour, ma mère acheva
de payer quelques mémoires ; elle obtint de la

personne qui avait prêté une forte somme à mon père la promesse qu'il lui serait donné du temps pour s'acquitter.

Le reste de la journée et celle du lendemain se passèrent à achever nos préparatifs. Madame F***, qui n'était pas, comme ma mère, douée de résolution, blâmait le parti pris. Elle la suppliait d'attendre au moins le retour de M. F*** et de madame D***. Tout espoir, disait-elle, ne lui paraissait pas perdu. Ma mère n'en jugeait pas ainsi; elle répondit qu'une plus longue attente serait folie.

Grâce à l'intervention de madame Schœn, son mari consentit à donner une modique somme pour prix de tout ce que nous laissions chez lui. Cette somme ne représentait pas la vingtième partie de la valeur de ce qu'il fallait abandonner, mais nous avions un long voyage à faire et rien à espérer lors de notre arrivée.

« Voilà notre ruine consommée, dit ma mère lorsque tout fut terminé; courage, ma pauvre fille, ne nous abandonnons pas et Dieu nous aidera ! »

Après un léger repas, pris chez madame F***, nous partîmes pour aller rejoindre la diligence.

Madame F*** ne nous accompagna même pas, elle attendait son mari d'un moment à l'autre. Point d'adieux à faire à personne. Ma mère et moi, nous tenant par le bras, nous marchions en silence, suivies d'un homme qui portait notre mince bagage consistant en une caisse qui contenait nos vêtements, un sac de nuit et ma guitare. Cette guitare avait été commandée pour moi à Gottingue; en la recevant j'avais éprouvé une de ces joies vives dont le souvenir se conserve longtemps. Pour rien au monde je n'aurais voulu la laisser derrière moi. Je ne pouvais espérer désormais d'avoir un piano, et je voulais surprendre agréablement mon père à son retour, en lui montrant que j'étais devenue guitariste. J'emportais encore un souvenir de cette Allemagne, où j'avais passé trois années; c'était quatre volumes d'un auteur alors très en vogue, Auguste Lafontaine.

Lorsque la diligence dans laquelle nous nous trouvions seules, ma mère et moi, sortit de la ville, toutes deux nous fondîmes en larmes, et, nous jetant dans les bras l'une de l'autre, nous pleurâmes longtemps en silence. Elles avaient fui les illusions qui nous berçaient lors de notre arrivée; il s'était évanoui le songe doré qui nous

avait promis un avenir assuré. Quel réveil! et
qu'elle était amère la réalité! Je me rappellerai
toujours cette nuit-là. Aux relais on devinait que
nous étions des Françaises fuyant l'Allemagne
jadis conquise. Ma mère, heureusement, ne comprenait pas les paroles brutales par lesquelles on
répondait à la simple demande d'un verre d'eau;
mais moi, je les comprenais, et mon sang bouillonnait d'indignation.

Nous eûmes plus d'une alerte pendant cette
nuit que la lune illuminait d'un vif éclat. D'après
ce que j'entendais dire, tandis qu'on changeait de
chevaux, quelques Cozacks rôdaient dans la contrée; j'avais sans cesse la tête à la portière, et
souvent je pris pour des Cozacks, nous guettant au
passage, des buissons surmontés de quelques
grands arbres.

Le jour mit fin à ces folles terreurs, mais ce fut
bientôt pour nous offrir un spectacle navrant.
Des charrettes remplies de soldats français blessés avançaient lentement sur la route; quelques gé-
missements en partaient, et à la vue de ces figures
hâves, de ces bras enveloppés de linge ensan-
glanté, notre cœur se serrait. Plus nous appro-
chions de Francfort, plus le nombre de ces char-

rettes augmentait. Je vois encore le triste spectacle offert par la grande place sur laquelle était situé l'*Hôtel d'Angleterre*, où nous descendit la diligence. Cette place était entièrement couverte de soldats blessés, couchés sur le pavé ; il y en avait sur le perron de l'hôtel, jusque dans le vestibule. Le petit nombre de voyageurs qui se trouvaient là donnaient chacun son obole ; de tous les côtés on apportait du linge, du vin, du bouillon. Mais qu'était-ce que tout cela pour des souffrances si grandes, pour de si grandes infortunes !

Le surlendemain nous étions à Mayence. Mayence était alors ville française ; une fausse honte me retint et m'empêcha, lorsque la diligence s'arrêta un instant aux portes de la ville, de m'élancer hors de la voiture pour baiser le sol de la patrie ! La patrie ! pour la première fois, je comprenais la valeur de ce mot. Notre exil avait été volontaire ; aussi longtemps que la fortune avait paru nous sourire, je m'étais plu sur la terre étrangère ; mais combien j'avais trouvé cette terre étrangère froide, désolée, au moment où appui, espoir, amis, tout nous avait manqué ! Patrie ! que de choses renfermées dans ce seul mot !

Nous apprîmes plus tard que les imprudents

Français qui s'étaient obstinés à rester à Cassel ne trouvèrent plus aucun moyen de s'en éloigner, lorsque les Russes s'en furent de nouveau emparés ; ils durent attendre, en végétant dans la misère, le retour du landgrave, et alors, chassés et pourchassés, plusieurs périrent en route, sur les bateaux où on les avait entassés.

Trois années auparavant, nous avions passé huit jours dans ce même hôtel où la diligence de Francfort venait de nous déposer ; j'avais seize ans alors ; j'étais ivre d'espérance et de jeunesse. Aujourd'hui j'avais dix-neuf ans, et déjà je savais par expérience que la vie est souvent amère.

La diligence dans laquelle nous prîmes place était au grand complet. Au nombre des voyageurs se trouvait un homme à cheveux gris, à la figure ouverte et simple, et qui paraissait très-désireux de raconter à tout le monde ce qui le regardait. Nous apprîmes donc bientôt qu'il était l'heureux époux d'une maîtresse femme, bonne tête s'il en fut, mais dont l'humeur n'était pas toujours facile : aussi lui laissait-il le gouvernement de la maison, et il s'en trouvait bien ; car pour lui, il n'aurait jamais eu, disait-il, le courage de faire

payer les *mauvaises payes*, et son hôtel, si bien
tenu, aurait bientôt été ruiné.

« Je suis maître d'hôtel garni, pour vous servir,
ajouta-t-il en saluant tous les voyageurs ; ces
messieurs et ces dames qui vont à Paris me feraient
beaucoup d'honneur et de plaisir s'ils voulaient
bien descendre chez moi. Je tiens l'*Hôtel du Bon
la Fontaine*, rue de Grenelle-Saint-Germain. C'est
le quartier de la bonne compagnie. J'ai une table
d'hôte fort bien servie, et les prix sont des plus
raisonnables. »

Après avoir ainsi fait lui-même son prospectus,
le maître d'hôtel du *Bon la Fontaine* salua voyageurs et voyageuses, l'un après l'autre, de l'air
le plus gracieux ; et tout le long de la route, il se
montra empressé, serviable, prenant un ton de
maître avec les aubergistes et faisant les honneurs
de la table d'hôte, comme s'il avait été chez lui.

Ses attentions pour ma mère et pour moi furent si constantes, et il se montra si bonhomme,
que ma mère consentit à prendre une chambre
chez lui. Nous n'avions jamais eu que très-peu de
connaissances à Paris, et, depuis trois ans, toutes
nos relations s'étaient trouvées rompues. Ma mère
ne voulait pas faire usage immédiatement de la

lettre pleine des recommandations les plus vives,
que mon vieux professeur d'allemand, M. Delorme, nous avait donnée pour son gendre,
M. d'O... Dans cette lettre, M. Delorme recom-
mandait de nous traiter comme étant de la famille, et de nous offrir le gîte et la table pour tout
le temps que nos affaires nous retiendraient à
Paris. Ma mère n'était pas femme à accepter un
tel service, mais elle s'était souvent demandé avec
inquiétude dans quel hôtel me conduire lors de
notre arrivée. La rencontre que nous avions faite
du maître de l'*Hôtel du Bon Lafontaine* nous parut
être un hasard providentiel, et ma mère dit en
entrant à Paris que nous irions loger chez ce brave
homme.

A peine étions-nous descendus dans la cour de
la diligence, qu'il fit avancer une voiture, dans
laquelle nous nous emballâmes, avec nos bagages.

« *Hôtel du Bon Lafontaine*, rue de Grenelle,
faubourg Saint-Germain, dit-il d'un air triom-
phant, et fouette, cocher! »

Dès le premier coup d'œil, nous reconnûmes
que le bon homme avait eu raison de dire qu'il
possédait une maîtresse femme. Celle-ci avait le
ton revêche, elle fit un léger mouvement d'épaule,

lorsque ma mère, ayant choisi une chambre du prix le plus modeste, demanda qu'on lui servît chez elle un potage et un plat. La maîtresse femme lança un regard de travers à son mari ; ce regard semblait dire : Qui m'amènes-tu là ?

Le lendemain de bonne heure, ma mère et moi nous étions prêtes à sortir. Nous savions que M. d'O***, employé à la grande poste, allait à son bureau tous les jours, et qu'il fallait se rendre chez lui le matin, pour le rencontrer. Lorsque nous arrivâmes, il était déjà parti. La servante, voyant combien ma mère était contrariée de ne pas rencontrer M. d'O***, lui dit : « Madame attend deux dames qui viennent d'Allemagne...

— Ma fille et moi, répondit ma mère. Voici une lettre de M. Delorme ; portez-la à votre maîtresse. »

La servante nous fit entrer dans un salon très-simplement meublé, et bientôt nous vîmes paraître une jeune femme, que sa ressemblance avec M. Delorme nous aurait fait reconnaître partout pour sa fille. Elle nous accueillit avec une bonhomie tout allemande ; sans faire de grandes phrases, elle nous reprocha de n'être pas descendues chez elle, dès la veille. Ma mère s'excusa, et

tout aussitôt parla de ce que je devais à M. Delorme, qui avait été pour nous tous un ami et pour
moi un professeur dévoué. L'entretien, une fois
sur ce chapitre, ne tarit pas. Madame d'O*** était
depuis longtemps séparée de son père et de sa
mère, qu'elle chérissait tendrement, aussi ap-
puyait-elle sur les moindres détails. Après nous
avoir instamment priées de rester jusqu'au déjeuner, heure à laquelle M. d'O*** revenait toujours
de son bureau, elle se fit amener ses deux petites
filles, dont elle était l'institutrice, et nous présenta sa belle-mère.

M. d'O*** arriva, et bientôt, au milieu de ces
excellents amis, nous nous sentîmes presque en
famille. M. Delorme nous avait annoncées par une
lettre, qui était arrivée peu de jours avant nous.
Pour la première fois nous entendions parler des
désastres de la campagne de 1812, avec des détails qui nous navraient. M. d'O*** promit de
s'informer, près de quelques amis qu'il avait au
ministère de la guerre, du sort de mon père, puis
il demanda à ma mère ce qu'elle était dans l'intention de faire. En apprenant qu'elle était ferme-
ment résolue à travailler pour vivre, il nous offrit
de parler à son frère, entrepreneur de broderies.

qui, mieux que personne, pourrait me procurer
de l'ouvrage. Ma mère accepta avec reconnaissance, et nous sortîmes de cette maison le cœur
allégé, car le bon M. Delorme nous avait
donné, dans sa fille et son gendre, de vrais
amis.

Le surlendemain vint la réponse que ma mère
attendait de Versailles. Elle avait écrit à madame
B*** pour la prier de nous procurer une modeste
chambre dans son voisinage. En ce temps-là, les
loyers, la vie, tout était beaucoup moins cher à Versailles qu'à Paris. Nous avions déjà passé deux années dans cette ville, si déserte alors, et où l'herbe
croissait dans les rues sans trouver le moindre
obstacle. Pendant la seconde de ces deux années,
nous avions habité la maison de M. B***, qui vivait alors, pour le supplice de sa malheureuse
femme. C'était un *faux bonhomme* dans toute l'ac-
ception du mot. Charmant, en apparence, pour
madame B***, beaucoup plus jeune que lui, il
allait souvent jusqu'à la frapper. Longtemps nous
avions ignoré combien le sort de la pauvre femme
était cruel ; mais enfin, un jour, son cœur s'était
épanché, et, à dater de ce jour, elle s'était atta-
chée à nous avec une espèce de passion. Ma mère

était assurée de trouver en elle tout le dévouement de l'amitié.

Madame B*** lui répondait que dans sa maison il y avait une chambre meublée, que nous sous-louerait volontiers une de ses locataires. Elle exprimait avec chaleur la joie qu'elle ressentait de vivre encore avec nous sous le même toit. Veuve depuis près d'un an, elle pouvait disposer de son temps, ses deux fils étant en pension, et elle se mettait à notre disposition.

La visite de l'avant-veille et cette bonne lettre, si affectueuse, réveillèrent ma gaieté en ranimant mon courage. J'avais cruellement souffert de mon isolement sur la terre étrangère, aussi j'éprouvais une vive reconnaissance pour ces cœurs amis qui venaient au-devant de nous. Nous étions invitées à dîner chez M. d'O***; il voulait nous faire faire la connaissance de son frère aîné, qui, plus froid, se montrait cependant disposé à nous être agréable. Nous emportâmes donc des espérances en partant pour Versailles le jour suivant.

La pensée de revoir Versailles et d'y vivre encore me causait une véritable joie. C'était à Versailles que, pour la première fois, j'avais fait connaissance avec la grammaire française et avec la grammaire italienne. C'était à Versailles que, dans l'atelier de madame P***, j'avais eu pour la première fois des compagnes de mon.âge, beaucoup moins rieuses, beaucoup moins étourdies et beaucoup moins folles que moi. Combien de fois madame P*** nous avait surprises faisant des pochades sur nos appuis-main, au lieu de dessiner d'après le modèle! Combien de fois son fils Émile, alors enfant comme nous, et dans lequel je devais trouver plus tard un ami si dévoué, nous avait joué de mauvais tours, que, du reste, nous lui rendions bien... Hélas! je ne devais plus revoir cette excellente femme, astiste si distinguée, et qui m'aimait tant; mais je savais que celles d'entre nous, qu'elle avait baptisées, l'une, la *Rose de Provins*, l'autre, le *Petit Ange*, habitaient encore Versailles, et j'espérais que toutes deux reverraient avec quelque plaisir la rieuse compagne, que madame P*** appelait l'*Étourdie*.

Avertie de l'heure de notre arrivée, madame B*** nous attendait sur le seuil de sa porte ; nous nous embrassâmes en pleurant, émues à la fois par la joie de nous retrouver et par des souvenirs bien amers. Elle nous fit entrer chez elle, tandis qu'on montait notre bagage au premier étage, où se trouvait la chambre que nous devions occuper. Elle nous avait préparé à dîner, mais aucune de nous n'avait faim ; nos cœurs étaient trop pleins. Le repas se prolongea cependant fort longtemps. Au dessert, entra, sans même avoir frappé, une grande femme, vêtue d'une amazone de drap, coiffée d'un chapeau de castor noir qui n'avait pas de forme déterminée, et tenant à la main une toise de menuisier : c'était madame Dumesnil, la personne qui nous louait la chambre garnie. La voix rauque, le geste brusque de cette espèce de virago, me surprirent au dernier point. Elle nous salua cordialement, en nous donnant à chacune une poignée de main; elle demanda si nous ne voulions pas voir la chambre que nous allions oc-cuper, afin de nous assurer, avant la nuit, si tout était à notre convenance.

« C'est que, ajouta-t-elle, je ne suis pas maî-tresse de mon temps. Mon grognon (c'était son mari) veut souper à son heure, et il ne faut pas que rien le dérange, ou nous aurions du gra-buge. »

Cette tournure, ce ton, ces manières, tout cela me causait un étonnement extrême.

« Excusez-nous, ma bonne voisine, dit madame B***, mais nous avons tant de choses à nous dire, après une absence de trois années!

— Pardi, vous aurez le temps de jaser, puisque vous allez demeurer sous le même toit; voyons, venez. C'est qu'elle est jolie, ma chambre, et bien meublée, je m'en vante; et pas cher, dix francs par mois. »

Nous montâmes; jadis nous avions habité le second étage, et cette chambre, d'où la vue s'étend sur toute l'avenue de Saint-Cloud, se trouvait placée sous la pièce qui forme, au second, le salon.

Madame Dumesnil nous regardait d'un air de triomphe, pendant que nous tournions les yeux autour de nous. Elle croyait digne d'admiration un grand lit à baldaquin entouré de rideaux d'indienne brune, deux vieux fauteuils, la petite glace placée sur la cheminée, et les gravures plus qu'ordinaires qui complétaient l'ornement de notre nouveau domicile. Au pied du grand lit, était dressé un lit de sangle pour moi.

Madame Dumesnil se frotta les mains avec l'expression de la joie, en voyant que nous ne trouvions rien à redire à l'arrangement de la chambre. Elle nous répéta que si nous avions besoin de quelque chose, nous n'aurions qu'à frapper à la muraille intérieure et qu'elle viendrait aussitôt. Puis elle nous quitta pour aller préparer le souper de *son grognon.*

Madame B*** resta près de nous jusqu'à minuit.

Lorsque ma mère et moi nous fûmes seules, nous nous assîmes l'une auprès de l'autre. Elle passa son bras autour de ma taille, j'appuyai ma tête sur son épaule, et nous demeurâmes ainsi en silence, perdues dans nos pensées.

Que de souvenirs se pressaient dans mon esprit et oppressaient mon cœur! Six années précédemment, mon père, qui voulait nous arracher à des parents qu'il ne pouvait aimer, nous avait installées à Versailles, ma mère et moi, dans une maison située au boulevard la Reine. Ma pauvre mère était comme folle de douleur; dans l'espace de trois mois, elle avait perdu ses deux fils! Obligé de repartir pour l'armée, mon père me laissait seule avec elle et une bonne, après nous avoir recommandées au médecin, dont les soins affectueux venaient déjà d'obtenir quelques succès. A cette époque, je comptais à peine treize ans, et dès lors je commençais mes fonctions de garde-malade. Nous ne connaissions personne à

11.

Versailles, mais, depuis l'enfance, j'étais tellement habituée à la solitude que je ne m'en effrayais pas. Je n'avais d'autre distraction que d'élever des vers à soie, qui faisaient à la fois mes délices et mon tourment. Je les aimais tant que lorsqu'ils manquaient de feuilles de mûrier, je ne dînais pas et je pleurais du meilleur de mon cœur. En me rappelant mes chagrins d'enfant et en les comparant à ceux qui nous accablaient aujourd'hui, je me prenais moi-même en pitié. Il était rude, le réveil du rêve que nous avions fait! Après avoir fréquenté le grand monde et goûté les douceurs de l'aisance, nous venions de retomber dans cet état de gêne, de pénurie, que je n'avais que trop connu dès mes jeunes années.

« Courage! me dit ma mère, comme si elle avait lu dans ma pensée; Dieu ne permettra pas que ton père nous soit ravi; prions, ma pauvre fille, et espérons! »

III

Dans les ouvrages d'imagination que j'avais lus, soit en français, soit en allemand, j'avais vu plus d'une héroïne réduite à travailler pour vivre : l'une était musicienne et donnait des leçons; l'autre maniait le crayon; une autre avait recours à son aiguille, et presque toujours elles rencontraient des personnes bienveillantes qui les accueillaient avec faveur et les aidaient de leur appui. Résignée au sort qui nous était fait, je partis un matin avec ma mère pour Paris, où nous allions chercher du travail : je ne doutais pas que, recommandées comme nous l'avions été par le frère de M. d'O***, nous ne fussions bien accueillies.

Ma mère et moi nous étions vêtues simplement, mais avec une certaine élégance. La maîtresse de l'atelier de broderie, nous prenant sans doute pour des personnes qui venaient faire quelques

commandes, se montra gracieuse et polie; mais,
à mesure que ma mère expliquait le motif de
notre visite, en disant de quelle part nous venions, un air froid et réservé succédait à l'air
gracieux et poli. On demanda à voir un échan-
tillon de mon travail, et, après l'avoir regardé
avec une sorte de dédain, on me dit : «Nous exi-
geons beaucoup mieux que cela. » Pour me le
prouver, on fit apporter des cartons d'où l'on tira
des broderies, en effet, admirablement faites,
puis on ajouta que, par égard pour la personne
qui nous envoyait, on me confierait quelques
bandes de percale à broder à jour; du temps de
l'empire, on ne donnait pas à ce genre le nom de
broderie anglaise; enfin on nous fit entendre
qu'on préférerait de beaucoup de véritables ouvrières aux femmes du monde, qui ne se faisaient
brodeuses qu'en passant, seulement pour subvenir aux frais de leur toilette.

J'avais le cœur gros en sortant de cette maison. Combien la réalité était loin des conceptions
des romanciers! Ma mère pressa mon bras passé
sous le sien et me dit : « Prends courage, ma
pauvre fille; comme ton père, tu possèdes l'a-
dresse de la main : quelques leçons suffiront pour

faire de toi une excellente brodeuse. Notre amie, madame B*** nous procurera un *professeur* de ce genre. Pas un mot de ce qui vient de se passer à madame d'O*** Elle serait peinée de la manière dont nous avons été reçues. »

Je promis de me taire ; mais la déception avait été si amère que, lorsque madame d'O*** s'informa d'un ton affectueux si nous avions été satisfaites de la personne à laquelle nous avait recommandées son beau-frère, des larmes longtemps retenues coulèrent sur mes joues. Ma mère les expliqua en disant que je n'étais pas encore tout à fait résignée aux changements que le sort avait apportés dans notre position.

« Pauvre enfant ! » dit madame d'O*** en prenant mes mains dans les siennes et en m'embrassant. Puis elle ajouta en se tournant vers ma mère : « Mon mari a écrit à son collègue de la poste de Cassel, et lui a envoyé votre adresse de Versailles ; mon père, de son côté, veillera à l'arrivée des lettres, et j'espère qu'enfin nous aurons des nouvelles du colonel. »

Ma mère soupira et répondit : « Dieu vous entende ! »

Nous revînmes le jour même à Versailles, et

le lendemain j'avais un *professeur* de broderie. Ma mère, de son côté, avait trouvé de grosse lingerie à faire, et nous nous mîmes courageusement au travail.

Au second étage, dans l'appartement que jadis nous avions occupé, demeurait une femme poëte. Madame B... nous en avait parlé plusieurs fois avec de grands éloges, et avait témoigné le désir de nous faire faire sa connaissance; mais une femme poëte m'inspirait à la fois un profond respect et une sorte de crainte. Toute jeune, j'avais entendu mon père répéter souvent que la femme la plus respectable et la plus respectée est celle qui vit dans l'obscurité; que les femmes artistes, les femmes poëtes, les femmes auteurs, sont plus à plaindre qu'à envier, et que la renommée ne donne pas le bonheur. A l'appui de cette dernière assertion venaient les récits mêmes de madame B*** Son mari avait été régisseur des biens de la célèbre madame Cottin, dont je connaissais les ouvrages et que j'admirais hautement. Madame B*** avait vécu dans l'intimité de cette femme auteur, qui, en effet, n'était pas heureuse; aujourd'hui elle vivait en relations journalières avec madame Victoire Babois, sa locataire et notre voisine, et nous savions par elle que c'était la douleur d'avoir perdu sa fille unique qui l'avait rendue poëte. Ma mère n'ignorait pas que de nouvelles connaissances plairaient peu à mon père ; elle hésita donc longtemps à accepter l'offre que nous faisait madame B*** de nous présenter à madame Victoire Babois. Cependant comment ne pas profiter du voisinage d'une femme aimable, spirituelle et bonne ! L'isolement ne valait rien à mon âge : celles de mes anciennes connaissances que j'avais retrouvées à Versailles ne pouvaient être cultivées, à cause de la distance qui nous séparait, et par suite de l'assiduité qu'exigeaient mes travaux de broderie : mon temps ne m'appartenait plus comme autrefois ; je devais l'employer sérieusement et non le gaspiller. Ma mère consentit enfin à laisser madame B*** parler de nous à madame Victoire Babois, et peu de jours après nous fîmes une première visite.

Madame Babois avait été belle et jolie ; à l'époque où je la vis pour la première fois, il était encore facile de deviner ce qu'elle avait dû être dans sa jeunesse. Un air de bonté et d'affabilité donnait à ses traits quelque chose d'attrayant,

et, quoique je me sentisse fort inférieure en présence d'une femme poëte, je ne fus pas cependant
tout à fait gauche, ni tout à fait muette; il me semblait que le regard de madame Babois me disait
que je lui plaisais, et mes yeux la remerciaient.

Elle me parla de son vieil ami, artiste de talent, M. Casimir Karpf, à moitié Allemand, puis-
qu'il avait vu le jour en Alsace, et elle m'assura
qu'il serait charmé de causer avec moi dans sa
langue maternelle. Je répondis d'un air épanoui
que j'en serais charmée aussi, et, de ce jour, je
me sentis à l'aise auprès de madame Babois, qui
me prit tellement en amitié qu'en fort peu de
temps les titres de *madame* et de *mademoiselle*
disparurent entre nous : elle m'appelait *ma*
Grande et moi je l'appelais *Belle maman*.

Madame Babois ne parlait jamais de ses poé-
sies, à moins qu'on ne la questionnât à ce sujet :
simple dans son langage, affectueuse dans ses
manières, elle prenait plaisir à faire valoir les
autres. Elle aimait la jeunesse et s'en entourait;
souvent avaient lieu chez elle de petites réunions
dans lesquelles régnait la gaieté. On jouait des
charades en action, des proverbes; jamais un
mot de réprimande, quand nous avions mis tout

en désordre, ne venait troubler notre joie. Ses nièces, un de ses neveux et moi nous composions tour à tour la troupe des acteurs et le public, Que de bons rires dans ces soirées sans cérémonie! et, au milieu de ces rires, se serraient les liens d'une amitié que je devais retrouver plus tard forte et active : la plus jeune des nièces de madame Babois, Victoire, moins âgée que moi de quelques années, me paraissait être une petite fille et je la traitais en enfant ; mais déjà cette enfant me donnait une affection qui fait encore aujourd'hui la consolation de ma vie.

Je n'étais pas alors en âge de comprendre le talent sérieux et beau de madame Babois ; je n'étais pas non plus en état de comprendre son élégie *A la Douleur;* mais combien de fois depuis j'ai senti la vérité des hautes pensées exprimées par ces beaux vers :

Des malheureux humains compagne trop fidèle,
O Douleur! tu m'appris peut-être à trop oser.
Le sage sait qu'il doit subir ta loi cruelle,
    Et s'y soumet sans t'accuser.

Ah! quels que soient enfin ses murmures, ses plaintes,
Tant d'efforts contre toi, tant de cris superflus,
L'homme, hélas! trop souvent ne doit qu'à tes atteintes
    Et ses talents et ses vertus.

Si son cœur, qui du monde ignore l'inconstance,
Dans ce frivole essaim distingue l'amitié,
C'est quand ton poids l'accable, et que de sa souffrance
    Elle réclame la moitié.

Si son esprit s'égare et s'il devient coupable,
S'il croit fuir le remords sur l'aile du bonheur,
Dans son cœur étonné ta rigueur secourable
    Vient enfoncer le trait vengeur.

C'est dans l'adversité qu'il connaît sa faiblesse
Elle abaisse ses vœux, elle épure son cœur;
C'est dans l'adversité qu'il puise la sagesse,
    Et la sagesse est le bonheur.

Ce grand si fier gémit, il cède à ta puissance;
Par toi tous sont égaux... il l'avait oublié.
En souffrant, il apprend à plaindre la souffrance.
    C'est à toi qu'il doit la pitié.

Ton aspect redouté qui fait pâlir le crime,
A l'homme vertueux révèle sa grandeur.
Tu l'atteins sans l'abattre; et mesurant l'abîme,
    Il est plus fort que son malheur.

Le plus noble talent, à l'éclat de la gloire
Peut d'un bonheur obscur préférer les douceurs;
Tombé dans l'infortune, aux filles de Mémoire
    Il aime à confier ses pleurs.

C'est ton égarement, dans l'horreur des ténèbres,
Qui d'Young éperdu guide les pas errants.
Et ta voix avec lui sous des voûtes funèbres,
    Entraîne nos cœurs frémissants.

Qu'il a gémi longtemps, celui qui sait te peindre!
Dans ton sein si profond qu'il s'est longtemps perdu!

Ah ! malheur à qui veut l'imiter et te feindre;
   Il parle et n'est point entendu.

Vainement dans ses vers il croit que tu soupires,
Tes accents n'y sont pas et nous les oublierons;
Mais le bonheur a fui, tu l'atteins, tu l'inspires,
   Il est sublime; et nous pleurons !

Comme toi le génie est enfant des orages;
Sur la scène à sa voix ta voix vient retentir;
C'est toi qu'il va chercher sur l'Océan des âges,
   Pour te porter dans l'avenir.

A l'immortaliser son vol semble se plaire.
Mère des grands travaux et des longs souvenirs,
Tu renais à sa flamme, et des pleurs de la terre,
   Il sait nous faire des plaisirs.

Dis-nous par quels attraits, par quels funestes charmes,
L'homme, qui sans regret dissipe le plaisir,
Aime à nourrir sa peine, aime à verser des larmes;
   Est-il donc fait pour te chérir?

Mais si tu lui ravis l'objet de sa tendresse,
Si dans son cœur toujours l'amitié doit gémir,
Ah ! qu'importent les arts, les talents, la sagesse !
   Il n'a plus, hélas ! qu'à mourir.

J'avais déjà beaucoup souffert; mais la jeunesse est une égide qui préserve le cœur des
blessures profondes; le moment devait arriver où
cette égide me manquerait, et où j'apprendrais
par moi-même tout ce que l'adversité, la douleur

peuvent développer de forces dans l'âme humaine.

Ce second séjour à Versailles m'a laissé des souvenirs bien doux : ma mère vénérée et moi nous vivions dans un état voisin de la pauvreté, contre laquelle nous luttions avec courage; mais nous étions entourées d'estime et d'affection. Le médecin qui avait soigné ma mère quatre ans auparavant, informé de nos malheurs, était venu nous voir et avait voulu nous présenter sa femme et sa fille. Par cette famille, j'avais fait la connaissance d'une autre famille, composée d'un père et de trois jeunes filles; toutes, un peu moins âgées que moi, m'avaient prise en amitié. On avait trouvé moyen de mettre à ma disposition un vieux piano; le dimanche on m'emmenait à la promenade sur le tapis vert; M. Casimir me procurait quelques livres allemands; et ma vie, ainsi remplie par un travail constant, mais que venaient diversifier les distractions qui plaisaient à mon caractère, passait rapidement. Mon angélique mère, toujours souffrante, me cachait soigneusement ses anxiétés; elle souriait lorsqu'elle me voyait rire; elle jouissait lorsqu'elle me savait chez madame Babois, dont les aimables causeries

développaient mon intelligence, ou chez le bon
docteur avec mes jeunes amies. Quelle source inépuisable de tendresse et d'abnégation que le cœur
d'une mère !

L'étoile du grand Napoléon pâlissait cependant
de plus en plus. La perte de la bataille de Leip-
sick l'avait obligé de faire une seconde retraite
vers les bords du Rhin, et, de retour à Paris, il
trouvait partout un esprit de révolte auquel il
n'était pas accoutumé. L'année 1813 finissait
aussi tristement que l'année 1812.

Un soir une voix appela du dehors madame
Ulliac en ajoutant ces mots : Une lettre de Russie.

Je m'élançai de ma chaise, je saisis l'unique
flambeau qui nous éclairait, et je descendis rapidement l'escalier; je tremblais si fort que, lorsqu'on me la remit, la lettre s'échappa de mes
mains. Madame B***, qui passait la soirée avec
nous, comme cela lui arrivait souvent, m'avait
suivie; elle paya le port et m'aida à remonter,
car mes jambes fléchissaient sous moi.

« Donne ! donne ! » s'écria ma mère d'une
voix défaillante. Elle porta la lettre à ses lèvres :
c'était l'écriture de mon père; le cachet tenait à
peine et la lettre, écrite sur du papier grossier,

ne contenait que quelques lignes. Après les avoir
dévorées, ma mère les relut haut en s'interrompant presque à chaque mot.

« Prisonnier des Russes ! » disait-elle en pleurant.

— Mais bien traité par eux, ajoutait notre amie
madame B***.

— Et bien portant, disais-je de mon côté, en
couvrant de baisers les mains de ma pauvre mère.

— Mais la date ! s'écria-t-elle tout à coup :
Wilna, 15 Novembre 1812 ; plus de treize mois !
Vit-il encore ?

— N'en doutez pas, répondit madame B*** avec
l'accent d'une ferme conviction. Dieu a permis
que cette lettre, qui pouvait se trouver perdue
comme les autres, vous soit parvenue pour relever
votre courage. Vous le savez, madame Ulliac,
plusieurs personnes vous ont dit, même à Cassel,
que les Russes traitent avec beaucoup d'égards
les prisonniers officiers supérieurs. Les bonnes
âmes sont de tous les pays, et déjà le colonel a
trouvé une personne compatissante qui s'est chargée de faire partir sa lettre. Cette lettre la voilà
arrivée. »

Ma mère écoutait sans répondre ; elle se deman-

dait comment faire parvenir de nos nouvelles à
mon pauvre père. Sans doute il ne serait pas resté
à Wilna; mais dans quelle province de ce vaste
empire aura-t-il été envoyé? à qui s'adresser pour
le savoir? Nous n'avions aucun appui, aucun protecteur, aucune connaissance, même au ministère
de la guerre. Nous cherchâmes à deviner par qui
la lettre nous avait été renvoyée de Cassel. Le
timbre seul de cette dernière ville était visible;
tous les autres se couvraient mutuellement, et
l'on ne pouvait retrouver le point de départ. Je
reconnus l'écriture du bon M. Delorme, il avait
évidemment payé le port de la lettre jusqu'à
Cassel et l'avait ensuite affranchie jusqu'à la fron-
tière.

Tout à coup ma mère s'écria: « Oui, je m'a-
dresserai à M. le comte de Montalivet, qui a toujours aimé et estimé mon mari... Mais il est ministre de l'intérieur, comment oser l'importuner
d'une affaire particulière? »

Après un moment de réflexion, ma mère ajouta:
« J'écrirai à madame de Montalivet. »

Dès le lendemain la lettre était faite et partait.

En 1804, mon père, alors capitaine du génie,
avait été chargé de la surveillance des postes pla-

cés sur les côtes du département de la Manche, depuis Granville jusqu'au Mont-Saint-Michel. Lors du bombardement de Granville par les Anglais, le capitaine Ulliac détermina la sortie de la flotille; pour ce fait il fut mentionné honorablement à l'ordre du jour de la division. Quelques mois plus tard, nommé juge au tribunal criminel spéciale de Coutances, il entra en relations avec M. le comte de Montalivet, préfet de la Manche. M. de Montalivet se connaissait en hommes; il apprécia la valeur de mon père, et voulut le présenter à sa femme, ainsi que ma mère, mon frère et moi.

Madame la comtesse de Montalivet était une des plus belles femmes de l'empire; elle joignait à la beauté une grâce, une affabilité charmantes et une bonté inépuisable. Tout enfant que j'étais alors, j'avais été émerveillée de cette beauté; lorsque, vingt ans plus tard, je lui rappelai la toilette qu'elle portait ce jour-là, elle parut touchée de l'impression qu'elle avait produite sur moi. Il y avait soirée à la préfecture; nous fûmes introduits tous les quatre dans un petit salon, avant l'heure de la réunion; madame de Montalivet grande, bien faite, belle et jolie, était déjà habil-

lée. Sur son beau front était placé un dia-
dème de perles et camées, coiffure à la grecque,
fort à la mode en ce temps-là ; une robe de crêpe
blanc, semée de pensées brodées en soie de couleur, dessinait sa riche taille et laissait nu ses
beaux bras ; un collier de perles et camées, des
bracelets pareils, placés au-dessus du coude et
aux poignets, complétaient la parure. Deux ou
trois ans après, j'avais l'honneur de voir madame
la comtesse de Montalivet au ministère de l'intérieur, et elle me parut aussi belle en négligé du
matin que je l'avais trouvée belle en toilette.

La lettre de mon père m'avait donné un bonheur et des espérances que j'aurais voulu faire
partager à ma pauvre mère. Quand elle disait :
« Que s'est-il passé depuis treize mois que cette
lettre est écrite ?

— Rien que d'heureux, répondais-je ; mon père
se porte bien, j'en ai le pressentiment, et tu verras,
maman, que mes pressentiments sont toujours
justes. »

Si elle disait en soupirant avec douleur : « Prisonnier des Russes ! »

Je répondais aussitôt :

« D'abord, maman, les Russes ne sont pas des

12

anthropophages : l'ambassadeur qui venait nous voir à Cassel nous a dit bien des fois que les Français sont très-aimés en Russie; on y parle leur langue, et l'on y suit leur modes. Je suis sûre que mon père est logé dans quelque château ou dans quelque palais, et comme il est homme d'esprit, aimable, instruit et colonel, on le traite avec toutes sortes d'égards.

— Puisses-tu dire vrai ! » répondait ma mère.

Et je disais vrai, en effet. Partout où mon père était allé, il avait su se faire chérir et estimer; mais ce qu'on voit avec les yeux de la jeunesse, n'apparaît pas sous le même aspect aux yeux de l'expérience. Me laissant aller aux plus doux rêves, j'avais repris toute ma gaieté et avec un nouveau courage je me livrais à des travaux d'aiguille auxquels je devais bientôt renoncer. Jeunesse ! jeunesse ! que tes prestiges sont doux et combien sont infinies les espérances que sur un seul mot tu fais naître !

La réponse de madame de Montalivet se fit un peu attendre; mais le cœur l'avait dictée. C'était une épouse répondant à une épouse alarmée sur le sort de son époux; c'était une mère répondant à une mère inquiète du sort de sa fille. M. le

comte de Montalivet avait eu la bonté de faire
adresser au ministère de la guerre et au ministère des relations extérieures une note contenant
les noms de mon père et spécifiant son grade,
ainsi que l'époque et le nom de la ville où il
avait été fait prisonnier. Cette note se terminait
par la demande de renseignements sur le lieu
vers lequel avaient été dirigés les officiers français pris à Wilna. Avec une grâce charmante
madame de Montalivet rappelait les services ren-
dus par mon père à la ville de Coutances, et ceci,
ajoutait-elle, comme souvenir du temps ou M. de
Montalivet avait fait la connaissance du colonel
Ulliac : elle finissait sa lettre en priant ma mère
de lui envoyer sans retard une demande en indemnité, adressée au ministre de la guerre, pour
les pertes que nous avait occasionnées la prise
de Cassel par les Russes. M. de Montalivet ap-
puierait cette demande. Enfin, que dirai-je? cette
lettre portait le cachet de la bienveillance et de
la délicatesse d'âme qui distinguaient éminemment madame la comtesse de Montalivet.

Ma mère hésitait à faire la demande conseillée,
non par orgueil, mais par un juste sentiment de
fierté. Comment, cependant, ne pas obéir à la

noble femme qui ne pouvait exiger d'elle aucune démarche contraire au respect de soi-même? Nos ressources étaient bien faibles : en brodant sans lever les yeux un instant, je gagnais à peine un franc vingt-cinq centimes par jour; le gain de ma pauvre mère, souvent malade, souvent obligée de garder le lit, était presque nul; toute l'Europe menaçait la France; la guerre n'était pas près de se terminer, et la captivité de mon père pouvait durer longtemps... La demande fut écrite et adressée à madame de Montalivet, avec une lettre où ma mère exprimait sa reconnaissance bien sentie pour tant de bontés.

Oui, je me le rappelle avec une sorte d'orgueil, la ville de Coutances doit à mon père l'ordonnance de ses promenades, un pont près la rue Garneray et la salle de spectacle, qui ont été construits d'après ses plans et sous sa direction; elle lui a dû aussi les premiers fourneaux à la Rhumfort établis dans les hôpitaux, et enfin les premiers essais faits de l'éclairage par le gaz inflammable. Mon père avait connu à Paris l'inventeur, Lebon, qui est mort dans la misère; il a fallu que les Anglais réimportassent en France sa découverte pour qu'elle fût adoptée. J'avais dix ans

à cette époque et je me souviens encore de l'étonnement des hauts fonctionnaires en entrant dans
notre salon brillamment illuminé par le gaz inflammable, extrait du bois. Mon père avait dû tout
faire par lui-même, depuis le fourneau qui contenait l'alambic jusqu'aux charmantes aigrettes
composées de bouts de tube en verre, servant de
conduits au gaz, qui flambait joyeusement le long
de la tablette de la cheminée entre des vases de
fleurs. C'était par de tels travaux que mon père
cherchait à se distraire des tristes préoccupations
que faisaient peser sur lui les fonctions de juge
au tribunal criminel spécial. En nommant la ville
de Coutances, madame de Montalivet avait ré-
veillé de bien doux souvenirs et en même temps
des regrets douloureux, mais bien chers : à cette
époque j'avais un frère !...

Les événements se précipitaient cependant ;
nos anciens alliés étaient devenus des ennemis
acharnés. L'année 1814 avait commencé par les
combats de Brienne et de la Rothière ; bientôt se
livrèrent ceux de Montmirail, et enfin eut lieu
celui de Saint-Dizier, que suivit de près l'abdica-
tion faite à Fontainebleau. Ainsi, depuis deux ans,
nous avions marché de revers en revers, et l'an-

cien régime, longtemps oublié, était rétabli en
France. Déjà, dès le commencement de cette année, des opinions politiques longtemps dissimu-
lées avaient commencé à se montrer sans détour.
Stupéfaite du changement de quelques personnes
que j'avais vues enthousiastes de Napoléon, j'é-
tais surtout indignée de les entendre accabler
d'injures le grand homme que longtemps elles
avaient encensé. Je n'avais pas encore eu l'occasion de reconnaître la haute vérité renfermée
dans la fable du *Lion devenu vieux*, et je ne
savais pas davantage que plus un flatteur a brûlé
d'encens devant l'autel d'un pouvoir qu'il croyait
inébranlable, plus il le couvre de boue quand ce
pouvoir est renversé. De même que dans les orages le limon s'élève à la surface des fleuves, de
même dans les grandes crises politiques la lie
des nations remonte à la surface.

Une indemnité avait été accordée à ma mère.
C'était bien peu de chose : mais c'était quelque
chose dans un moment où le travail manquait.
Nous avions fait le voyage de Paris sans rapporter de bandes à broder. Madame B***, qui tra-
vaillait aussi à façon, n'avait rien à faire. Les
plus tristes pensées préoccupaient ma mère :

ce n'était pas seulement l'avenir de mon père qui excitait ses craintes, c'était encore le présent et l'avenir de sa fille. Je ne posssédais point de talent dont je pusse tirer parti, et les travaux à l'aiguille offraient une bien faible ressource. N'ayant aucun moyen de m'en trouver d'autres, ma pauvre mère, après m'avoir fait donner des leçons de broderie, m'en faisait prendre d'une bonne vieille fille, mademoiselle Beaucousin, qui jadis avait été au nombre des ouvrières employées à l'entretien des dentelles de la reine. Mademoiselle Beaucousin regrettait hautement que je ne fusse pas destinée à être raccommodeuse de dentelles, tant je montrais de dispositions pour ce bel art; car dans ses mains c'était véritablement un art. Mademoiselle Beaucousin occupait une mansarde dans la maison de madame B***; j'allais chaque jour passer une heure près d'elle, et tout en travaillant, tout en m'enseignant à raccommoder la malines, la valenciennes, à recoudre le point d'Alençon et le point d'Angleterre, elle me racontait, avec son ton nasillard, des anecdotes sur la famille royale qu'elle adorait. Elle était ravie du changement de gouvernement qui venait d'avoir lieu, et elle m'assu-

rait que mon père serait encore mieux apprécié
par les Bourbons qu'il ne l'avait été par *l'usurpa-
teur* et par son frère. D'autres personnes cherchaient à faire naître en moi les mêmes espérances ; mais lorsque je réfléchissais sur la diversité
d'opinion des gens que je connaissais, je me demandais quel fond on pouvait faire sur le fana-
tisme politique des uns et des autres. Légitimistes,
bonapartistes, patriotes, tous paraissaient compter
pour rien des fléaux tels que la guerre, l'incendie,
et les discordes civiles, dès qu'il s'agissait de faire
triompher leur parti : qu'importaient les malheurs
du pays, pourvu que leur opinion l'emportât ? Et
je prenais en haine la politique ; et je me demandais comment des femmes pouvaient oublier leur
qualité de Françaises et de chrétiennes pour livrer
ainsi leur âme à l'ambition et à la haine ! Depuis
cette époque j'ai vu plus d'une révolution, et j'ai
compris combien était sage ce que me disait ma
mère : que les femmes, que les jeunes filles surtout doivent éviter soigneusement toute discussion politique, et ne parler haut sur des matières
qu'elles comprennent rarement, que lorsqu'elles
se trouvent en famille ou bien entourées d'amis
sincères. Mais à vingt ans la voix de la raison a

peu d'empire, et ce ne fut pas sans peine que je
ne rompis pas avec quelques-unes de mes jeunes
amies. Notre bonne voisine, madame Dumesnil,
avait voulu voir l'entrée de Louis XVIII à Paris;
elle appartenait à cette foule de gens qui veulent
tout voir, tout entendre et gloser sur tout. Que le
spectacle soit gai ou triste, qu'il soit funèbre ou
burlesque, sanglant ou pacifique, peu importe;
ils en sont quittes pour s'attrister ou pour rire,
pour s'effrayer ou pour s'étonner. Or, madame Dumesnil ne tarissait pas sur ce qu'elle avait vu: jusqu'aux Cozacks, tout lui avait paru très-intéres-
sant : je l'écoutais bien malgré moi. Jadis j'avais
trouvé les peuples conquis très-heureux de l'être
par les Français; aujourd'hui, je ne trouvais pas
les conquérants aimables, et je ne pensais qu'avec
une sourde colère à nos *amis les ennemis.* Hélas!
il suffit souvent de changer de point de vue pour
changer aussi d'opinion; il n'y a que ce qui est
réellement beau et vrai qui paraisse vrai et beau
indépendamment du temps, des circonstances et
de l'intérêt personnel.

Ma pauvre mère et moi nous avions perdu toute
espérance d'acquérir quelques lumières sur le
sort de mon père : on nous disait bien que le

premier soin du gouvernement serait de rappeler les prisonniers faits par les alliés ; mais tant d'autres choses devaient passer avant celle-là !

L'année 1814 s'écoula tristement. Ma mère, malade d'inquiétude et de chagrin, ne pouvait travailler ; les travaux que j'avais pu me procurer étaient moins rétribués que jamais, et cependant ma mère exigeait que j'allasse presque chaque dimanche soir avec mes jeunes amies aux fêtes patronales des environs de Versailles. Elle avait besoin de m'éloigner, afin d'épancher le trop plein de son cœur dans le cœur de notre excellente amie madame B***.

Dieu eut pitié de nous : au commencement de l'année 1815 nous reçumes enfin une lettre de mon père, et cette lettre n'avait qu'un mois de date. Il était libre, il rentrerait au printemps en France avec le jeune comte A*** seigneur polonais, qui lui avait offert l'hospitalité à Varsovie, et qui le retenait afin de lui faire prendre un repos nécessaire après les fatigues d'une longue route. Quelle joie cette lettre nous donna ! Mon père priait ma mère de lui répondre, en évitant les épanchements ; il avait eu notre adresse par

le bon M. Delorme, et ce dernier l'avait rassuré
sur notre sort.

Ma mère répondit le plus brièvement possible;
mais qu'il lui en coûtait de n'entrer dans aucun
détail sur ce qui nous touchait! Cependant elle
comprenait que, dans le temps difficile où nous
nous trouvions, la correspondance à l'étranger
devait être surveillée.

Nos amies madame B***, madame Victoire Babois et notre bonne voisine madame Dumesnil,
car elle était bonne au fond, partagèrent la joie
que nous donnaient les nouvelles reçues de Varsovie. Comme madame B*** et madame Dumesnil
regrettaient hautement de ne pouvoir procurer à
mon père un logement convenable dans la maison, madame Babois rappela que chaque année
elle allait passer le printemps et la belle saison
dans sa famille, d'abord à Rouen, puis à la campagne chez son frère; et, avec une bonté tou-
chante, elle pria ma mère de disposer de son
appartement pour tout le temps que mon père
passerait à Versailles. Oui, j'ai trouvé dans la vie
bien des cœurs égoïstes et secs; mais j'ai trouvé
aussi, et en plus grand nombre, des cœurs cha-
leureux et dévoués.

J'avais repris toute ma gaieté, je m'étais remise
à l'étude du piano et de la guitare, afin de prouver à mon père que les travaux payés ne m'avaient
pas fait négliger entièrement le peu que je savais.
Cependant le reste de l'hiver me parut bien long
à passer : nous ignorions l'époque positive du retour de mon père; enfin il nous manda qu'il serait
auprès de nous le 15 mars au plus tard ! Afin
qu'il trouvât l'appartement libre, madame Babois
eut l'obligeance de partir quelques jours plus tôt
que d'habitude... Le 14 mars 1815, après trois
cruelles années d'absence, mon père nous était
rendu ! Il est des joies que le langage ne peut
exprimer, joies promptement mêlées d'amertume
comme toutes celles de la terre.

Après les premiers moments donnés aux vives
émotions, ma mère et moi nous fûmes frappées
du changement produit chez mon père par les fatigues de cette cruelle campagne ; il avait vieilli
de dix ans.

Quelques jours de repos parurent le remettre
cependant, et nous commencions à jouir avec
plus de calme du bonheur que nous donnait une
réunion inespérée, lorsque soudain le bruit se répandit que l'Empereur, abandonnant l'île d'Elbe,

avait débarqué sur les côtes de France et marchait
en triomphateur vers Paris : le 20 mars, en effet,
il rentrait aux Tuileries et reprenait possession du
trône.

Le lendemain, mon père se rendait à Paris ; il
allait se faire inscrire comme officier en disponibilité au ministère de la guerre : ainsi il ne nous
était rendu que momentanément ! Oh ! que ma
pauvre mère maudissait l'état militaire !

A son retour, mon père nous dit l'enthousiasme
des Parisiens et les acclamations frénétiques qui
retentissaient autour des Tuileries. Ce retour au-
dacieux, l'entraînement des troupes, tout devait
faire croire au grand Napoléon qu'il n'avait rien
perdu de l'amour des Français ; la facilité qu'il
trouva à former une armée nouvelle et à reconsti-
tuer l'empire, dut changer cette croyance en
conviction.

A chacun des voyages de mon père à Paris, les
inquiétudes de ma mère allaient grandissant : en
vain il lui disait que bien des difficultés s'oppo-
saient à ce qu'on le rappelât au service, elle s'alar-
mait lorsque l'heure du retour passait sans le
ramener près d'elle. Pour rester au service de
Westphalie, mon père avait dû se faire naturali-

ser Westphalien; il fallait recouvrer d'abord la qualité de sujet français : le roi Jérôme, qui s'était retiré à Trieste avec sa famille, venait, disait-on, de rentrer secrètement en France : était-ce de lui que mon père dépendait, ou bien, pouvait-il être employé au service de l'Empereur par le ministre de la guerre?

Dès son arrivée, mon père avait écrit à M. le comte et à madame la comtesse de Montalivet pour les remercier de ce qu'ils avaient fait en faveur de sa famille; mais il n'avait pas voulu leur dire un seul mot de notre position. Jamais de sa vie il n'avait su solliciter, et il devinait que M. le comte de Montalivet, intendant général des domaines de la couronne, devait être accablé de demandes dans tous les genres.

Le temps passait cependant; aucun ordre ne venait rappeler mon père sous les drapeaux.

Il ne m'appartient pas à moi, femme, de parler de cette époque célèbre dans l'histoire; je n'étais pas en âge d'en comprendre l'importance. Comme admiratrice de Napoléon 1er et comme fille de militaire, j'étais enthousiasmée de tout ce qui se faisait alors, et je croyais le grand Napoléon remonté pour jamais sur le trône; mon père ne pouvait manquer de rentrer au service, mais il n'y aurait plus de campagne de Russie, et il obtiendrait le grade de général, auquel il avait tous les droits possibles. Notre roi, Jérôme, venait de se distinguer au combat du bois de Hougoumont, où il culbuta deux fois l'élite des troupes anglaises; à Fleurus et à Ligny, l'Empereur avait empêché la jonction des troupes alliées et avait battu les Prussiens; tout était donc espoir et triomphe... Mais toujours mon père ne recevait aucun ordre du ministre de la guerre... Le 10 juin, une lettre du ministre de l'intérieur, Carnot, lui apprit que l'Empereur venait de le nommer sous-préfet à Saint-Omer. Aux yeux de ma mère, dans le premier moment, cette nomination se présenta sous l'aspect d'une faveur; mais en entendant mon père s'écrier:

— On me met sous le hangar! elle baissa la tête avec tristesse.

— « Sous-préfet! sous-préfet! répétait mon père, moi qui déteste les travaux administratifs: si j'accepte, je perds mes droits à la retraite comme militaire... si je refuse... mais je serai bien obligé de refuser, car le sous-préfet n'a même pas de quoi faire le voyage. »

En effet nos ressources s'épuisaient, et il était impossible de songer à une installation dans une sous-préfecture, si le gouvernement ne nous venait en aide.

Mon père écrivit au ministre pour le remercier d'abord, puis pour lui demander une audience... la réponse se fit attendre... Huit jours après avait lieu la défaite de Waterloo, et Napoléon, se confiant aux Anglais, montait sur le *Bellérophon*, qui le conduisait captif au rocher de Saint-Hélène !

Le songe doré s'était tout à fait évanoui ! le réveil était complet, et la triste réalité apparaissait sans voile ! Plus de présent, plus d'avenir pour les vétérans de la grande armée ; le passé avait tout englouti ! En vain ils avaient échappé au feu et au plomb des Russes ; en vain ils avaient bravé les rigueurs de l'hiver dans les steppes glacées du nord de l'Europe ! en vain ils avaient enduré les souffrances de la faim et toutes celles que le soldat blessé peut supporter sans mourir.... La misère, tel était désormais leur partage !

Deux fois les circonstances avaient semblé devoir favoriser mon père, et deux fois ces mêmes circonstances avaient tourné contre lui. Il commandait une batterie et protégeait la marche du

corps d'armée westphalien, lorsque était arrivé au
quartier général l'ordre de rappel du général ***.
Mon père apprit sans surprise son départ; rien ne
l'étonnait plus dans cette retraite, où le désordre,
l'indiscipline, l'insubordination, avaient pris la
place de l'ordre et de l'obéissance; il n'eut pas
l'idée qu'un ordre semblable eût pu être expédié
pour lui. Comment cet ordre avait-il disparu? nul
ne l'a jamais su. La seconde circonstance fut la
rencontre que mon père avait faite, sur le pont de
la Bérésina, de mon oncle le général G***. A peine
mon père pouvait-il se traîner : un rhumatisme
aigu l'empêchait de marcher, et, sans son domestique qui le portait presque, il aurait été incapa-
ble d'avancer d'un pas. Mon oncle s'écria en le
voyant : « Attends un moment; ma voiture va
passer, je t'emmènerai. »

Mais attendre était impossible. Poussés, repoussés par les flots de la foule qui se pressait sur
l'étroit passage, mon père et mon oncle furent
bientôt séparés et ne se revirent plus. Peut-être
si mon père eût pu accompagner mon oncle à
Thorn, ses soins intelligents l'auraient arraché à
la mort, et il aurait lui-même échappé à la captivité; mais le sort contraire en décida autrement.

Arrivé à Wilna le lendemain du jour où cette ville avait été prise par les Russes, mon malheureux père, épuisé de fatigues et de souffrances, fut enfermé avec son domestique au second étage d'une maison inhabitée. Pas même une chaise pour s'asseoir ; depuis quatre jours, mon père n'avait vécu que d'eau de neige. Déjà il était en proie à la fièvre nerveuse qui avait achevé de décimer notre armée ; étendu sur le plancher, il demandait de l'eau à grands cris. Pas la moindre possibilité de s'en procurer. Le domestique se mit à fureter partout, et enfin il trouva dans une armoire une bouteille pleine d'eau-de-vie. Mon père la vida dans la nuit : la fièvre redoubla, mais le lendemain fièvre et douleurs rhumatismales, tout avait disparu. Hélas ! cette crise violente devait avoir plus tard des suites funestes. Sans doute sa captivité fut aussi douce que possible ; mais que de tortures morales pendant près de deux années ! Maintenant mon pauvre père sentait qu'il n'était plus propre au service militaire ; il avait la presque certitude de n'y pas être rappelé ; mais ses droits à la retraite seraient-ils admis, et si cette retraite ne lui était pas accordée, qu'allions nous devenir ?

Ma mère, de son côté, était épuisée par de longues souffrances, par de violents chagrins et par une vie passée dans les angoisses de chaque jour. Sa santé était perdue, et elle aussi disait tout bas : « Qu'allons-nous devenir ? »

La jeunesse, une forte constitution et mon heureux caractère m'avaient soutenue jusqu'alors; mais je ne savais rien, je n'étais bonne à rien. Pourtant je ne perdais pas l'espérance, et je disais hautement que mon père, qui possédait tant de talents, saurait bien trouver moyen d'en tirer parti et de s'occuper utilement.

Il n'était plus possible de rester à Versailles : pour obtenir sa réadmission au service, et faire valoir ses droits à la retraite, il fallait que mon père habitât Paris. De fréquents voyages auraient bientôt épuisé nos ressources : nous dîmes donc adieu à tous ces bons cœurs qui nous avaient accueillies, ma mère et moi, avec tant de bienveillance, et nous allâmes nous replonger dans l'isolement de Paris.

Sur les quais, dans les rues, bivaquaient encore Russes, Autrichiens, Prussiens, Anglais et Cosacks. Je sentais bouillonner mon sang d'indignation, en passant devant ces bivacs. Enfin

nous arrivâmes au très-modeste appartement
garni que mon père avait loué pour nous, rue
Childéric. La maison est encore debout : plus
d'une fois, en traversant la place de l'abbaye
Saint-Germain-des-Prés, je me suis arrêtée pour
regarder l'étroite fenêtre d'entre-sol qui éclaire
l'*armoire*, plutôt que le *cabinet* dans lequel tenaient une chaise et une toute petite table. C'est
sur cette petite table que j'ai tracé les premières
lignes destinées au public.

LIVRE IV

L'APPRENTISSAGE

I

Chaque jour mon père se rendait au ministère de la guerre, et chaque jour il en revenait plus mécontent que la veille. Des difficultés sans nombre pour sa réadmission au service de France semblaient naître sous ses pas. Le hasard lui fit rencontrer M. F***, le commissaire des guerres que nous avions connu à Cassel. Par lui, il apprit que le général D*** et son fils, mis tous deux en disponibilité, vivaient retirés à la campagne. M. F*** était aussi embarrassé de son sort que

13.

nous l'étions du nôtre ; pourtant il espérait trouver un protecteur dans le chevalier de C***, qu'on lui avait dit être employé au ministère de la guerre. M. de C*** avait épousé la mère d'Isaure, madame veuve de V***.

Mon père nous rapporta ces nouvelles en y ajoutant quelques commentaires. Au nom d'Isaure, j'avais rougi et les larmes m'étaient venues aux yeux. Si nous fussions restées amies, son beau-père aurait pu sans doute nous être utile ; mais je n'osais pas émettre tout haut cette pensée. Mon père n'avait jamais beaucoup aimé le chevalier de C***, dont le parti triomphait aujourd'hui.

« J'ai retrouvé ce matin un vieil ami, nous dit un jour mon père, Alexandre Duval ; il m'a accueilli en me tendant les deux mains, et il s'est informé avec un vif intérêt de ma position. Il m'a paru peiné de l'embarras où nous nous trouvons ; il m'a fait des offres de service dont je suis bien reconnaissant. Duval voulait te présenter, ainsi que Sophie, à sa femme ; je t'ai excusée, chère amie, mais je lui ai promis de lui conduire notre fille ; il prétend en faire une femme de lettres.

— Moi ! m'écriai-je, tout émue à la pensée de

voir un auteur célèbre et à l'idée de devenir, bon gré malgré, femme auteur.

— Femme de lettres ! répéta ma mère, et comment ?

— Oui, mon amie, reprit mon père : Duval m'a parlé d'abord de ses deux filles, qui sont déjà musiciennes et peintres ; puis il m'a demandé quel talent nous avons donné à Sophie ? — Hélas ! aucun, ai-je répondu : notre pauvre fille ne sait guère autre chose que l'italien et l'allemand. — Si elle sait l'allemand, s'est écrié Duval, elle peut tenter de faire la traduction de quelque roman ; moi, je tâcherai de lui trouver un éditeur. Ma fille, ajouta mon père, tu ne dis rien ? »

Tout étourdie de ce que je venais d'entendre, je ne pouvais répondre. Les idées les plus contraires se croisaient dans ma tête ; mais ce qui l'emportait sur tout le reste, c'était une sorte de honte à la seule pensée de me mettre au nombre des femmes qui sortent de la foule.

« Je comprends, dit mon père, que la proposition de Duval t'étonne et même t'effraye : prenons le temps de réfléchir ; malheureusement, ma pauvre fille, nous n'avons pas le choix des moyens pour sortir de la triste situation que les événements nous ont faite. La carrière des lettres est difficile mais honorable. Une femme peut y entrer en gardant l'anonyme... Oui, réfléchissons avant de rien décider. »

A cette époque, on comptait les femmes auteurs, tant elles étaient en petit nombre : madame de Montaulieu tenait le sceptre pour les traductions de l'allemand, et elle le tenait avec honneur; madame de Renneville n'écrivait que pour la jeunesse ; madame Barthélemy-Hadot faisait des romans pour le vulgaire; quant à madame de Genlis, un peu passée de mode, elle ne publiait rien depuis longtemps.

Pour la première fois de ma vie peut-être, je me mis à réfléchir très-sérieusement : en m'examinant, je reconnus que mon amour-propre était un peu chatouillé par le titre de femme auteur. Il ne s'agissait encore que de traductions ; mais qui pouvait savoir si un jour... Les fumées vaniteuses furent bientôt chassées par le sentiment de mon incapacité, et, la timidité l'emportant sur tout le reste, j'aurais pris la résolution de dire *non* si la pensée de notre infortune ne m'avait fait vaincre cette répulsion tout égoïste.

Le lendemain, pendant que mon père faisait sa course habituelle au ministère de la guerre, je dis à ma mère que j'étais résolue à essayer. Elle m'embrassa en pleurant, et elle m'avoua qu'avec regret elle me verrait descendre dans l'arène.

« Pauvre enfant, pauvre enfant! répétait-elle le cœur gros de soupirs. Tel n'était pas le sort que j'avais rêvé pour toi; mais ton père a raison; la misère nous menace de toutes parts, et nous ne pouvons choisir le moyen d'y échapper : nous ferons ce que ton père jugera à propos. »

Je fus présentée à M. Alexandre Duval, puis à sa femme et à ses filles, qui me firent toutes trois un accueil amical. Toutes trois étaient jolies, bien jolies, et je me sentis attirée vers elles dès la première vue. M. Alexandre Duval parla en si bons termes de la carrière littéraire et de la position que peut se faire une femme comme auteur, qu'une partie de mes répugnances s'évanouirent; mais en sortant de cette maison, je me dis que jamais je n'obtiendrais la réputation qu'il semblait m'avoir promise.

« Courage! reprit mon père, nous allons exa-

miner ensemble les livres allemands que tu as
apportés, et lorsque je me serai assuré qu'aucun
n'a encore été traduit, nous nous mettrons à
l'ouvrage. »

Deux jours après, j'entreprenais la traduction
d'un roman d'Auguste Lafontaine, intitulé : *Die
Harfen Spielerin*. Tout en traduisant aussi fidèlement que possible, il me prenait de folles terreurs
à la pensée que ce que j'écrivais serait lu *par tout
le monde :* alors je m'arrêtais, et, désolée, je je-
tais la plume. Mon père m'encourageait et me
décourageait tout ensemble ; il applaudissait à
mon zèle et il blâmait mon style, me disant presque à chaque ligne : « Une traduction n'est pas
une version.... Tu dois t'apercevoir que tu ne
sais pas écrire ; mais cela s'apprend. »

Et il biffait, et il raturait impitoyablement ;
ainsi commençait l'éducation littéraire qui m'a
coûté tant de larmes.

« Mais ce n'est plus mon ouvrage ! disais-je en
voyant mes phrases refaites sans pitié.

— Qu'importe ! répondait mon père, si tu sais
profiter des conseils que je te donne et des
changements que je me permets, la seconde
traduction que tu entreprendras nous coûtera,

à toi, moins de chagrin, à moi, moins de peine. »

Quoi que pût dire mon père, mon amour-propre souffrait, ainsi que ma droiture; car enfin cette traduction que j'allais donner comme de moi, n'était pas mienne tout entière.

Mon père la recopia de sa belle écriture, après m'avoir excitée à faire à mon tour des observations sur sa manière de traduire. Ceci me releva un peu à mes propres yeux, et comme je fus écoutée au sujet de quelques corrections que j'indiquais, je commençai à croire que j'étais pour quelque chose dans ce travail.

Madame Victoire Babois, à qui j'avais fait part de l'essai que j'allais tenter, avait bien voulu mettre en beaux vers français les deux romances de l'auteur allemand; elle consentait à ce que son nom figurât sur le titre. J'en éprouvai une vive reconnaissance; mais je ne pensais pas comme elle que la traduction devait être récrite vingt fois avant d'oser la présenter au public.

Vingt fois sur le métier remettez votre ouvrage;
Polissez-le sans cesse et le repolissez:
Ajoutez quelquefois, et souvent effacez.

Cette sentence de l'auteur de l'*Art poétique*

m'avait été citée presque journellement par mon
père; et justement parce que je ne savais pas
écrire, je ne comprenais pas combien l'art d'écrire
est difficile.

Le grand œuvre est enfin terminé : mon père a
découvert un éditeur, chose fort rare alors comme
aujourd'hui; pendant qu'il lit le manuscrit, nous
changeons de demeure et nous transportons nos
pénates rue Saint-Hyacinthe-Saint-Michel.

Oh! joie inexprimable! la traduction est acceptée! Je demande alors à la faire précéder d'une
dédicace à ma mère, dédicace qu'elle ne verra
qu'imprimée. Je l'écrivis telle que mon cœur la
dictait. Mon père voulait y changer quelque chose;
mais il avait pleuré en la lisant, et il finit par la
laisser simple et naïve dans les expressions inspi-
rées par l'amour filial.

Ce fut un beau jour que celui où arrivèrent les
douze exemplaires d'auteur, brochés en papier
rose, et où je présentai à ma mère mes deux volumes! Dire ce qu'elle éprouva en lisant la dédicace
me serait impossible. Son émotion était telle que
longtemps elle ne put parler. Nous pleurions tous
les trois, et nous nous embrassions avec une tendresse ineffable...

J'avais étalé sur le lit mes vingt-quatre volumes, et je sautais dans la chambre comme une vraie folle, en disant : « Est-il bien possible que ce soit moi qui ai fait cela ! »

L'amour-propre n'était pas seul en jeu dans ce moment. Les trois cents francs que l'éditeur avait apportés avec les exemplaires venaient bien à propos pour faire cesser une gêne affreuse, et je comprenais que je pouvais être réellement utile à mes parents.

Le second exemplaire appartenait de droit à M. et madame Duval. Mon père et moi nous allâmes faire notre offrande, qui fut reçue avec une bienveillance pleine d'affection. M. Duval promit de lire et de faire ses observations, ce dont j'avais grand'peur ; puis il m'engagea à commencer la traduction d'un autre ouvrage.

« Nous avons déjà quelque chose sur le chantier, dit mon père.

— Bravo ! s'écria M. Duval : avec du courage et de la persévérance, on arrive ! »

Pour comble de bonheur, parut dans je ne sais quel journal un compte rendu de cette traduction, et nous espérâmes que si l'édition se vendait bien, le libraire qui l'avait publiée serait disposé à traiter de nouveau avec nous. Cet espoir me fit prendre la ferme résolution de supporter sans me plaindre les ratures nombreuses de mon père; promesse difficile à tenir. Je le répète, mon éducation littéraire m'a coûté des torrents de larmes. Chaque soir, mon père me lisait un chapitre de l'*Art d'écrire*, par Condillac; il lisait ensuite plusieurs pages de l'un des meilleurs écrivains du dix-huitième siècle, en ayant soin de me faire remarquer les finesses du langage, l'harmonie du style, la justesse des expressions, et la clarté, la concision, qui font de la langue française une langue tout à fait à part. Il avait un goût épuré, le ton de la bonne compagnie, et quoique, comme il le disait, je me montrasse rétive à la censure, je profitai quelque peu de ses leçons.

L'année 1816 commençait pour nous d'une manière moins malheureuse que les précédentes. C'était en janvier que mon premier ouvrage avait paru, et peu de mois après, mon père, réadmis au service de France comme colonel d'état-major, à son grand regret, était placé au nombre des officiers en demi-solde. Pour toute indemnité de campagne, deux mois de demi-solde, 500 fr., lui avaient été alloués; c'était bien peu; mais nous avions pu donner quelques à-compte sur les dettes contractées malgré nous, et nous avions l'espoir de tirer parti de mon travail.

C'est avec reconnaissance envers Dieu que je me reporte à cette époque de ma vie. Nous étions pauvres, bien pauvres; mais ma mère jouissait encore d'un peu de santé; mais mon père avait trouvé, dans l'artiste qui nous sous-louait une partie de son appartement, un travailleur infatigable : tous deux avaient entrepris de rentoiler des tableaux. Pour rentoiler un tableau, il faut enlever, sans l'endommager, la peinture qui couvre la vieille toile et reporter celle-ci en la collant solidement sur une neuve; le peintre doit ensuite restaurer cette peinture; notre artiste M. E..., y était fort habile. Mon père, bon chimiste, faisait les essais, et M. E... exécutait. Tous deux avaient entrepris aussi de reproduire sur la pierre lithographique l'impression de vieux livres et de vieilles gravures; tous deux avaient réussi. Ainsi occupé, mon père avait repris sa bonne humeur; de mon côté, toujours rieuse et prête à accepter la vie telle qu'elle m'était faite, j'avais quelques distractions qui plaisaient à mes goûts. De temps en temps j'allais au spectacle avec mesdames

Duval ; M. Duval était alors directeur de l'Odéon, où se jouait l'opéra bouffe. Chez lui encore j'entendais d'excellente musique, exécutée par ses deux filles, Adèle et Malvina. Quoique la plus âgée des trois, je n'étais pas assurément la plus raisonnable, et comme ma timidité disparaissait en petit comité, je me montrais telle que j'étais, douée d'une certaine originalité d'esprit qui faisait que souvent madame Duval s'écriait : « Est-elle étonnante ! Est-elle amusante ! » Le travail remplissait une grande partie de ma vie, et bientôt, avec l'aide de mon père, je fus en état de présenter de nouvelles traductions à un éditeur. Malheureusement, celui qui avait publié mon premier ouvrage, ne voulait pas continuer le genre des romans, et alors commencèrent ces difficultés qui rendent si pénibles, aux débutants surtout, la carrière des lettres. Mes manuscrits, reçus d'abord par deux ou trois libraires, furent ensuite refusés, et, deux années seulement après ma première publication, mon père trouva un libraire.

Quiconque n'a pas été en relations avec les éditeurs ne se doute guère que ces marchands de livres ne lisent presque jamais aucun de ceux qu'ils publient. J'en ai entendu me dire poliment :

« Je ne connais rien à ce que vous faites ; mais si c'est mauvais, je le saurai bien, et vous ne m'attrapperez pas deux fois. » Les éditeurs d'aujourd'hui ne ressemblent pas à ceux de mon jeune temps. Un hasard heureux voulut que M. le comte de Ségur eût envie de faire un compte rendu d'ouvrages nouveaux dans le *Journal de Paris*, et ce même hasard plaça sous ses yeux celle de mes traductions qui portait pour titre : *La Comtesse de Kiburg*. Après avoir loué avec justice l'auteur, Auguste Lafontaine, M. le comte de Ségur donna quelques éloges au traducteur, qui en fut ravi.

« Faites-moi des *Comtesse de Kiburg*, me dit l'éditeur, cela se vend bien. »

L'année d'ensuite, il acceptait mon premier ouvrage pour la jeunesse, *le Portefeuille vert*, et, d'après le conseil de M. Duval, je prenais un pseudonyme, celui de *Trémadeure*.

Je n'ai certes pas l'intention de faire l'historique de chacun des nombreux ouvrages que j'ai publiés ; si parfois j'insiste avec quelque détail sur mes premiers travaux, c'est qu'il me paraît utile de faire comprendre que les débuts sont toujours difficiles, et que le refus des libraires, que le retour d'un manuscrit que l'on croyait

placé, sont choses amères et faites pour dissiper
les bouffées de l'amour-propre.

J'étais donc traducteur; mais sans la moindre
ambition de devenir jamais auteur : je sentais
mon ignorance, et l'inspiration ne me montait
pas au cerveau. De quoi aurais-je pu parler, moi
qui connaissais à peine le monde, moi qui ne
savais rien et qui avais encore si peu vu. Mon
père, plus ambitieux que moi, me répétait sans
cesse : *A toujours traduire, on ne se fait jamais
traduire.* Que m'importait? Je me disais que si
j'osais entreprendre de composer quelque chose,
ses critiques seraient bien plus vives, bien plus
blessantes encore, et que jamais je ne pourrais
réussir à contenter mon père.

Un jour, sur le quai Voltaire, je rencontrai
Isaure avec sa mère; je voulais me contenter de
saluer en passant, mais elle vint à moi d'un air si
amical que je serrai avec affection la main qu'elle
m'avait tendue. madame de C*** me dit d'un ton
un peu contraint que grâce à son mari, chef de
bureau au ministère de la guerre, elle avait eu de
nos nouvelles. « Car nous vous aimons toujours,
mademoiselle Sophie, ajouta-t-elle, et ma fille a
pleuré amèrement une rupture sans motif.

— Moi aussi, répondis-je avec franchise, j'ai bien regretté Isaure.

— Tu viendras nous voir, n'est-ce pas? dit-elle, avec empressement; nous demeurons ici au numéro 11; monte un moment avec nous, nous allions rentrer. »

D'abord, je refusai; mais les instances furent si vives que j'y cédai.

Comme à Cassel, ces dames occupaient un joli appartement d'où la vue était fort belle : madame de C***, après quelques mots de politesse, nous laissa seules ensemble.

Isaure me dit avec tant d'abandon combien elle avait souhaité l'occasion qui s'offrait enfin de me revoir, que je dus croire qu'elle m'aimait réellement.

« Mon beau père, ajouta-t-elle, peut-être utile à ton père, et il le sera, j'en suis certaine; car je dois reconnaître, quoique je n'aie pas pour lui une haute estime, qu'il n'est que faible et non point méchant. Toi et moi, comme nos parents, nous sommes d'opinions politiques opposées; mais cela ne doit pas nous empêcher de nous aimer. Prie donc tes parents de te laisser venir et de me permettre d'aller causer quelquefois avec toi. Je te promets de ne jamais rien dire qui puisse te blesser dans ton opinion. »

Elle était si affectueuse que je promis tout ce qu'elle voulut; je l'avais sincèrement aimée, et je l'aimais encore. Je fus cependant réservée dans mes confidences; je ne lui parlai point de la gêne où nous avions vécu depuis notre retour en France; mais je lui dis comment j'étais en chemin de devenir femme de lettres.

« Tu fais des livres, toi! s'écria-t-elle en riant.

— Non, répondis-je, je me borne à traduire de l'allemand les ouvrages composés par Auguste Lafontaine.

— Et ton père te laisse faire, lui qui ne veut pas qu'une femme fasse parler d'elle et attire les yeux sur elle?...

— Mon père a la complaisance de m'aider, répondis-je d'un air sérieux; je n'ai aucun moyen d'existence et mes parents n'ont rien à me laisser.

— Est-ce amusant de faire des livres?

— Pas positivement, ma chère Isaure; mais j'aime encore mieux ce travail que de broder toute la journée.

— Ton père est-il indulgent?

— Oh! non, répondis-je en soupirant : je com-

prends bien que je ne sais pas écrire et que j'ai
grand besoin de conseils, mais... C'est M. Alexandre Duval, l'auteur des charmantes comédies que
toi et moi nous connaissons, qui a suggéré cette
idée à mon père... Parle-moi de toi, je t'en prie.
Les Russes ont repris Cassel une seconde fois?

— Oui, » répondit Isaure; et elle me raconta
comment alors le peu qu'il restait de Français dans
la ville avait été maltraité et enfin chassé. Puis
elle me parla des personnes que nous avions connues tous les deux et dont quelques-unes habitaient aussi Paris.

Cette rencontre, qui m'avait causé d'abord de
l'embarras, m'avait ensuite fait grand plaisir;
mais en quittant Isaure, je pris lentement le chemin qui devait me conduire chez ma mère, très-
inquiète de la manière dont je rendrais compte
de notre entretien : je me reprochai d'avoir ac-
cepté si facilement l'invitation de renouer avec
des personnes que mon père n'aimait pas, et plus
je me rapprochais de notre demeure plus je ra-
lentissais le pas. Hélas ! la roue de fortune avait
tourné! ceux qui jadis étaient au plus haut se
trouvaient en bas, et ceux qui étaient en bas se
trouvaient en haut ! La position avait changé,

mais la valeur de chaque homme ou sa non-valeur
était restée la même...

Ma mère, heureusement, était seule lorsque
j'arrivai. Je lui dis la rencontre que j'avais faite,
les offres de service de madame de C*** et les témoignages d'affection que j'avais reçus d'Isaure.

A mesure que je parlais, ma mère devenait
pensive ; elle connaissait l'espèce d'antipathie de
mon père pour M. de C***, antipathie dont ce
dernier avait reçu trop de preuves à Cassel. Après
avoir réfléchi longtemps, elle me dit : « Ne parle
pas de M. de C***, raconte seulement comment
Isaure t'a accablée d'amitié et t'a presque forcée à
l'accompagner chez elle. Nous vivons dans un
temps difficile, il faut donc agir avec précaution
et prudence. »

Mon père se montra fort mécontent du hasard
qui avait en quelque sorte renoué mes relations
avec Isaure.

« M. de C***, dit-il, appartient à ces gens qui,
comme le liége, surnagent sur tous les liquides,
en temps de calme et même en temps d'orage. Il
est chef de bureau au ministère de la guerre. Fort
heureusement je n'ai pas affaire à lui. Quant à
mademoiselle Isaure, je lui sais bon gré d'avoir

de l'affection pour notre fille, et je ne m'oppose
pas à ce que toutes deux se voient de temps en
temps. J'ai pu craindre jadis que l'exemple de
cette enfant gâtée n'influât sur Sophie ; mais aujourd'hui que le malheur l'a mûrie, elle plaindra
cette jeune fille d'avoir une mère idolâtre qui développe en elle les défauts et anéantit les dons
heureux qu'Isaure a reçus de la nature. »

J'embrassai tendrement mon père.

« J'ai tort peut-être, ajouta-t-il, mais ta vie est
si triste, ma pauvre fille, tu es si courageuse et si
travailleuse que ma sévérité faiblit... C'est à toi
de faire que je n'aie pas lieu de m'en repentir. »

Je compris que mon père s'imposait un grand
sacrifice, et je me promis de ne pas abuser de sa
bonté. Ma mère attendit quelques jours avant de
lui parler des offres de service faites par madame
de C***. Mon père répondit que M. de C*** étant
chef du bureau des grâces, il n'avait rien à lui demander; mais, cédant aux instances de ma mère,
il promit de ne point mécontenter par un refus
positif celui qui avait été son subordonné. Comme
toutes les femmes qui comprennent bien leurs
devoirs, ma mère s'était constamment efforcée
d'entretenir le bon accord entre mon père et les

personnes auxquelles il avait eu affaire. Ce n'avait pas été toujours chose facile ; mais avec persévérance elle continuait son rôle de conciliateur.

J'étais bien désireuse de connaître l'opinion d'Isaure sur les cinq volumes que j'avais déjà publiés : dans la famille de M. Duval, où l'on me témoignait une bonne et franche amitié, les critiques avaient toujours été tempérées par les éloges. Isaure fut très-longtemps à me lire, et, lorsque enfin elle me rendit les volumes, je pus comprendre qu'ils ne lui avaient pas plu.

« Je t'avoue franchement, me dit-elle, que je n'aime pas la morale et que je préfère les romans à grand fracas aux tableaux de famille que trace toujours Auguste Lafontaine; mais puisque ce genre réussit, continue. »

Ce n'était pas la première fois que nous nous trouvions en désaccord. Madame de C*** me fit quelques compliments banals, puis on parla d'autre chose.

Ce jour-là je rentrai à la maison triste et découragée, j'avais eu l'intention de parler à Isaure d'une composition que je méditais, et de la prier de lire manuscrites plusieurs nouvelles dont les unes avaient été imitées de l'allemand et dont les

autres m'appartenaient en propre. Il me semblait
que ses conseils m'auraient été utiles et que peut-
être même elle consentirait quelquefois à m'aider.
Fol espoir! Isaure aurait causé pendant des heures
entières d'étoffes, de rubans, de dentelles; mais,
quoiqu'elle eût beaucoup d'esprit, elle ne prenait
goût à rien de sérieux. Que de fois je me suis
étonnée depuis de l'attrait qui m'attirait vers elle!
Attrait irréfléchi et auquel la jeunesse cède avec
trop d'entraînement. Pour comble de malheur, je
trouvai en rentrant le célèbre docteur Chaussier,
qui donnait ses soins à ma pauvre mère, dont la
santé, déjà si mauvaise nous inspirait de vives
inquiétudes. Il ordonnait impérieusement le séjour de la campagne, au moins pendant la belle
saison où nous allions entrer.

« Il le faut à tout prix, dit-il au moment où il
allait nous quitter. Un roman! ajouta-t-il en prenant un volume qui se trouvait sur la table.

— Oui, dit mon père, c'est une nouvelle traduction qui vient de paraître; elle est de ma fille.

— Ah! votre fille fait des livres, colonel; et
sait-elle faire la soupe?

— Elle la fait très-bonne, répondit mon père
en souriant.

— A la bonne heure, dit le célèbre docteur : faire des livres n'est pas la besogne d'une femme ; et il rejeta le volume sur la table sans même avoir daigné en lire le titre.

— Docteur, reprit mon père, si ma fille n'avait pas fait ce livre-là, je ne pourrais obéir à votre ordonnance, c'est-à-dire conduire ma femme à la campagne.

— Hum ! murmura le docteur ; on a de bonnes raisons pour ne pas aimer les femmes savantes ; mais puisque votre fille sait faire la soupe, je lui pardonne de faire des livres. Pourtant, si j'en crois notre immortel Molière,

> Nos pères sur ce point étaient gens bien sensés,
> Qui disaient qu'une femme en sait toujours assez,
> Quand la capacité de son esprit se hausse
> A connaître un pourpoint d'avec un haut-de-chausse.

Bonjour !

— Comment ! des larmes dans tes yeux ? » s'écria mon père, quand le docteur fut parti.

Je baissai la tête sans répondre ; ma mère m'attira à elle en disant : « Notre bonne fille, je l'espère, continuera, quoique auteur, à rester femme et à mériter l'estime des gens de bien. »

Mon père ajouta de douces paroles à ces paroles consolantes, et je repris courage.

Je venais de choisir aussi, comme traducteur, un pseudonyme, celui de *Dudrézène*, réservant le pseudonyme de *Trémadeure* pour les ouvrages d'éducation que je pourrais publier plus tard.

Ainsi que l'avait dit mon père, la traduction de *Rodolphe et Marie* procurait à mes parents la possibilité d'obéir au docteur Chaussier. Ce que je gagnais était bien peu sans doute; un copiste aurait été mieux payé que le traducteur; mais ce peu arrivait toujours si à point qu'après avoir bien pleuré je commençais un nouveau travail en ayant toujours devant moi la pensée des ratures de mon père.

Ma première traduction avait paru en 1816; en 1821 devait paraître ma première composition; mais elle était encore en germe dans ma tête, lorsqu'au mois de juin 1820 nous partîmes pour aller habiter pendant trois mois Choisy-le-Roi. Là nous devions retrouver le général D*** et sa femme; là devaient s'élaborer les inspirations de l'auteur.

II

Le général D***, mis à la demi-solde comme mon père, avait de plus que mon père une assez jolie fortune. Sans inquiétude de l'avenir, il avait acheté une maison de campagne à Choisy-le-Roi, et nous lui devions d'avoir trouvé pour nous une maison meublée où l'on prenait des pensionnaires. Ce fut là que mon père nous conduisit, à mon grand regret sous certains rapports. Élevée à la ville, je ne connaissais pas la campagne et je me souciais peu de l'habiter. Mon existence à Paris n'était assurément pas remplie par les plaisirs; mais j'y voyais de temps en temps la famille Duval, la famille d'O*** et Isaure. Puis, à Paris, il suffit de sortir de chez soi pour trouver mille sujets de distraction; à Choisy-le-Roi nous n'avions d'autres connaissances que madame D***, qui était si rieuse autrefois. Les événements, les années avaient beaucoup changé son humeur; le général, d'ailleurs, m'imposait un peu. Ce fut donc avec une certaine répugnance que je partis, en tâchant de cacher à ma mère combien je redoutais les trois mois de campagne ordonnés pour elle par le docteur Chaussier. Ma pauvre mère, au contraire, élevée aux champs, paraissait se ranimer à l'idée d'y séjourner quelque temps.

J'emportais des matériaux, c'est-à-dire des *nouvelles*; il s'agissait de les placer dans un cadre qui n'était pas encore trouvé. Mon père m'avait engagée bien des fois à examiner, tout en traduisant ou tout en imitant les auteurs allemands, la manière dont leurs ouvrages étaient construits, et à rechercher les moyens par lesquels ces auteurs intéressaient le lecteur à leurs personnages. Mais, il faut bien l'avouer, je n'avais pas encore pris goût au *métier*, les critiques de mon père me le rendaient très-difficile; j'avais trop de conscience pour ne pas reconnaître qu'il faisait la plus grande partie du travail. Les préfaces, les notes, qui passaient sur le compte du traducteur, étaient presque entièrement de lui. Par droiture, non par amour-propre, je rougissais de me parer de travaux qui ne m'appartenaient pas. De tout cela résultait un malaise et un secret mécontentement de moi-même, dont je ne me rendais pas bien compte et qui excitaient dans mon âme quelque chose d'amer. Oh! combien volontiers j'aurais laissé là la plume pour reprendre l'aiguille! Je maniais celle-ci encore assez souvent, car la littérature nous rapportait bien peu, et je jouissais en travaillant manuellement d'une liberté d'esprit à laquelle il me fallait renoncer dès que je redevenais traducteur.

Depuis quelques jours nous étions installés dans notre nouvelle demeure, lorsqu'à mon grand étonnement, s'éveilla un beau matin en moi quelque chose d'étrange ; ce quelque chose, que je sentis clairement plus tard, c'était un commencement d'inspiration.

Je sautai à bas de mon lit et j'ouvris la fenêtre de l'étroit cabinet dans lequel je couchais, à côté de la chambre de ma mère. Le soleil se levait, la campagne était silencieuse ; pour la première fois je la voyais à cette heure matinale ; j'élevai mon âme à Dieu et je restai en contemplation devant un spectacle tout nouveau pour moi. Peu à peu mes pensées, d'abord vagues, devinrent plus distinctes. Le cadre que j'avais inutilement cherché jusqu'alors, pour placer mes nouvelles, se dessina nettement dans mon esprit, et toute pensive je m'assis en cachant ma tête dans mes mains. Le lieu de la scène était trouvé, c'était.la Russie ; *l'héroïne* était trouvée aussi, grâce à mon père.

Il avait toujours évité d'appuyer sur les détails de l'affreuse retraite de 1812 ; mais souvent, dans les longues veillées, il nous avait parlé de sa captivité en Russie et des observations qu'il avait pu faire, soit par lui-même, soit avec le secours de personnes bienveillantes. Envoyé de Wilna à Orsza, puis d'Orsza à Arzamas, dans le gouvernement de Nijneï-Nowogorod, il avait été logé chez un riche marchand, anciennement serf d'un seigneur riche, et qui était arrivé non sans peine à obtenir son affranchissement. Là, mon père avait pu voir dans toute leur naïveté les mœurs russes chez les classes des affranchis marchands et des serfs marchands. Là aussi, il avait rencontré une famille française qui était établie depuis de longues années à Moscou, où elle avait fondé une institution pour les demoiselles nobles. Obligée, comme tous les habitants de la seconde capitale de la Russie, de quitter Moscou à l'approche de la grande armée, la famille Guibald s'était réfugiée à Arzamas avec un petit nombre de pensionnaires; le titre de Français avait ouvert à mon père cette maison hospitalière, et il y puisa de curieux renseignements sur les mœurs russes ainsi que plusieurs anecdotes, dont une surtout avait fait une vive impression sur moi :

Un boyard moscovite qui avait, par ton, pour sa fille, une gouvernante française, mais qui détestait les Français, s'était débarrassé de cette pauvre gouvernante en la faisant partir une nuit et conduire dans une forêt, où les domestiques avaient ordre de l'abandonner. Le fait était-il vrai? personne ne pouvait le prouver; mais il passait pour tel.

D'Arzamas, mon père avait été envoyé dans les environs de Nijneï-Nowogorod, chez un prince de Géorgie; là, il avait pu observer les mœurs de la haute aristocratie russe; le prince avait table ouverte; un luxe oriental régnait dans son palais! A la plus exquise politesse, s'unissaient chez lui et chez la princesse des façons d'agir tout à fait despotiques.

A mesure que les récits de mon père revenaient à mon esprit, le roman qui porte pour titre : *la Forêt de Woronetz* s'arrangeait, se combinait dans ma tête. Cette fois, plus que jamais, ce serait encore mon père qui me fournirait les matériaux; mais, du moins, tout le monde le reconnaîtrait.

Je pris du papier et je commençai à préparer mes cahiers, tout en rêvant à l'entrée en matière; mais lorsque je me mis à écrire, je me sentis arrêtée dès les premières lignes par mille difficultés insurmontables : tout se présentait à la fois, milieu, fin du roman..... Je ne savais pas alors qu'avant de prendre la plume, il faut avoir mûri ses idées; il faut surtout avoir trouvé l'idée principale, l'idée mère, l'idée féconde qui doit dominer l'ensemble et les détails... Le mouvement qui se faisait dans la maison et ma mère qui m'appelait me firent apercevoir que la matinée était déjà bien avancée. A la hâte je renfermai dans le tiroir de la table tous mes cahiers, en me disant : « Non, je ne serai jamais auteur! » et je courus auprès de ma mère.

Le lendemain et les jours suivants je fus presque aussi matinale que le soleil; ce n'était qu'à cette heure-là que je pouvais travailler sans être interrompue; enfin le premier chapitre fut trouvé.

Mais l'aide de mon père m'était plus que jamais nécessaire ; il s'agissait de mettre en scène des personnages dont le langage, les mœurs ne se présentaient pas clairement à mon esprit. Je compris que j'avais échoué, que j'échouerais tout du long si je persévérais à traiter seule ce sujet, et je compris en même temps la valeur des conseils qui, tant de fois, m'avaient causé de l'impatience ou du chagrin.

J'allai donc les demander, en disant combien j'étais mécontente de mes essais et en les soumettant à toutes les critiques qu'on pouvait en faire.

Mon père sourit un peu malignement, et me répondit qu'il était charmé de me voir si docile à la censure.

« Je le serais toujours, m'écriai-je, si tu voulais me permettre de consulter ma conscience ; ce qui me rend rétive à la censure, comme tu le dis, mon père, c'est l'obligation de m'y soumettre bon gré malgré, alors même que je ne suis pas convaincue de la nécessité du changement que tu me demandes. »

Mon père sourit de nouveau.

« Je ne doute pas de ta conscience, répliquat-il ; mais je doute de ton goût qui n'est pas formé encore. Voyons, de quoi s'agit-il ? »

Cette fois, j'acceptai docilement conseils, observations, changements, ratures même ; le tout, parce que j'étais convaincue de mon impuissance. Mon père m'engagea, puisque je devais suivre la carrière des lettres, à observer les personnes avec lesquelles je me trouvais en rapport, et à tenir compte, pour juger les caractères, des choses même les plus insignifiantes en apparence.

« Par exemple, dans cette maison où nous devons passer un peu de temps, nos compagnons de table d'hôte méritent d'attirer tes regards.

— Ah ! pour ceux-là, m'écriai-je, il n'ont rien de remarquable ; le commandant est des plus vulgaires, des plus ignorants.

— Il t'offre le type, ma chère fille, de ce qu'on appelle un officier de troupe ; c'est-à-dire, de ces militaires qui ne fréquentent dans leurs changements de garnison que les cafés, qui n'ouvrent jamais un livre.

— Et qui vous disent, ajoutai-je en riant : « J'ai passé quatre fois sous la ligne et je ne l'ai jamais *vue !* »

Mon père se mit à rire aussi.

« Nous avons encore madame L***. Pour celle-ci tu ne lui refuseras pas une certaine originalité dans le caractère; elle se pare habilement de ses deux fils, invisibles comme la ligne à l'équateur, pour se faire faire la cour par les mamans qui ont des filles à marier, ou par les jeunes filles elles-mêmes, en répétant à tout propos que c'est elle qui leur choisira des *épouses......*

— Elle doit bien en vouloir à ma mère et à moi, car messieurs ses fils ne nous occupent guère.

— Et ce bon rentier qui cherche sans cesse l'occasion de placer un mot de sa façon qu'il trouve charmant : Colonel, la soupe et le bouilli tous les jours, *c'est ma manière de voir.* Ces gens-là ne sont pas des types, sans doute, mais tout vulgaires qu'ils puissent paraître, ils servent souvent à un auteur de point de départ, pour peindre, soit un personnage trivial, soit un de ces êtres prétentieux qu'on rencontre souvent dans le monde : en un mot, ma chère fille, un auteur doit *faire flèche de tout bois,* c'est-à-dire, prendre partout des traits détachés dont il sait former un ensemble. Les hôtes de la maison se renouvelleront plus d'une fois pendant notre séjour ici, et je suis bien sûr que quelques-uns se pré-

senteront plus tard à ton esprit, quand tu auras
à *poser* un caractère. »

Cette année, 1820, fut marquée par une éclipse
de soleil, spectacle imposant, surtout à la campagne; grâce à mon père, tout le monde put suivre la marche de la lune qui s'avançait lentement
sur le radieux soleil, car, grâce à lui, nous étions
tous munis de verres noircis à la fumée d'une
bougie.

Un vaste horizon s'ouvrait devant nous; peu à
peu l'ombre s'étendit sur les prés, sur les champs,
sur les bois. A mesure que cette ombre grandis-
sait, le silence se faisait partout; les petits oiseaux
dans le feuillage, les hôtes emplumés de la basse-
cour dans les fermes, les troupeaux dans les
champs, tout se taisait. A la vive chaleur que ré-
pand le soleil au mois de juillet succédait une
fraîcheur très-sensible, qui achevait d'inspirer
une sorte d'effroi aux animaux étonnés et trem-
blants. Oui, c'était un beau spectacle; l'éclipse
fut incomplète, elle fut annulaire; peu à peu le
jour, la chaleur reparurent à mesure que le disque
de la lune cessa d'éclipser le soleil. Ce qu'il y
avait de curieux, c'étaient les explications, les
commentaires faits et donnés par les habitants de

la maison. Le commandant surtout se perdit dans une foule d'hypothèses sur le danger que pourrait courir la terre, dans le cas où le disque de la lune heurterait le disque du soleil : l'un des deux devait nécessairement voler en éclats, et il était à parier que ce serait la pauvre lune ; or, comme elle est plus près de la terre que le soleil, ce serait nous qui recevrions les éclaboussures.

Ces paroles du commandant inspiraient une terreur profonde à ceux qui l'écoutaient. Mon père avait beau dire que la lune était à 80,000 lieues de la terre (il n'était pas question de kilomètres à cette époque-là), et que le soleil est à 34,000,000 de lieues au delà, les esprits ne se rassuraient pas. La peur fait éprouver toujours une certaine émotion, tandis que le raisonnement les détruit toutes ; et l'on aime ce qui émeut.

Je continuais de me lever de grand matin ; la santé de ma pauvre mère exigeait des soins qui ne me permettaient guère d'écrire une seule ligne dans la journée. Après midi, lorsque la vive chaleur était passée et lorsqu'elle se sentait un peu mieux, nous faisions quelques promenades ; mais le plus souvent je sortais seule avec mon père ; nous allions au Port-à-l'Anglais visiter M. Le Mire,

qui dirigeait alors la fabrique de vinaigre et de
charbon de bois. Ceci ne m'amusait guère, je
l'avoue, car il n'était question que d'alambics, de
cornues et autres engins employés par la chimie.
Je ne me doutais pas, dans ce temps-là, qu'un
jour j'aurais lieu de regretter de n'avoir pas
écouté les entretiens de deux hommes instruits,
et je préférais de beaucoup visiter la belle ver-
rerie qui forme l'industrie principale de Choisy-
le-Roi.

Plus souvent encore, mon père allait faire de
longues courses avec le général D***, et je con-
duisais ma pauvre mère auprès de madame D***,
comme jadis à Cassel ; mais des années s'étaient
écoulées depuis le temps du *reversi à trois*. Les
malheurs de la patrie avaient assombri les idées ;
madame D*** avait perdu sa gaieté ; assises toutes
les trois sous un berceau, au fond du jardin, nous
rappelions le passé, les beaux rêves que nous faisions alors. Madame D*** se plaisait à la campagne ; elle aimait le jardinage, les travaux domestiques ; mais le général s'ennuyait. Le passage
de la vie active à une vie paisible est difficile,
non-seulement pour les anciens militaires, mais
pour quiconque a eu des occupations habituelles

que l'âge ou les circonstances sont venues interrompre. Malheur alors à qui n'a pas su orner
son esprit et nourrir sa pensée par de bonnes
lectures ; malheur à qui n'a jamais recouru
dans ses loisirs à ces travaux manuels dans lesquels excellent beaucoup d'hommes! Mon père
était instruit, il aimait les sciences ; doué d'une
grande adresse de la main, il était sans cesse
occupé et n'avait pas un seul moment d'ennui, non, pas même à Choisy-le-Roi, où lui
manquait pourtant son *outillage*. De temps en
temps mon père faisait pédestrement le voyage
de Paris, soit pour aller chercher les médicaments nécessaires à notre pauvre malade,
soit pour voir où en étaient les travaux commencés avec M. E***, soit enfin pour prendre à
la Bibliothèque les notes dont je pouvais avoir
besoin.

Mon père, apparemment, découvrait en moi
des dispositions plus marquées, car souvent il se
contentait de me donner les notes qu'il avait
faites en me disant : « C'est à toi de tirer parti de
ces matériaux. »

Tout heureuse de sa confiance, je travaillais
avec ardeur ; à mesure que j'avançais, je suppri-

mais les nouvelles faites d'avance et j'arrivais peu
à peu à composer un ouvrage.

Il ne faut pas croire que ma mère vénérée
restait étrangère à mes travaux ; toujours elle se
défendait de donner son avis, par l'effet d'une
grande défiance d'elle-même, et lorsque enfin,
cédant à mes instances, elle me disait ses impressions, c'était sous une forme dubitative ; constamment l'observation se terminait par ces mots : « Il
est possible que je me trompe, car je ne suis
qu'une ignorante. »

Cette manière de procéder excitait en moi des
réflexions beaucoup plus sérieuses que les critiques bien motivées de mon père. Quand l'impression que je voulais produire n'était pas produite
sur ma mère, je cherchais comment, pourquoi
je n'avais pas réussi à l'émouvoir ; son silence
seul suffisait pour me faire changer d'un bout
à l'autre tout un chapitre. Je ne sais qui a
dit : *Le silence des peuples est la leçon des rois ;*
pour un auteur que l'orgueil ne rend ni sourd ni
aveugle, le silence ou la froideur de son auditoire
est une leçon dont il doit tâcher de profiter ; et,
bien des fois, j'ai eu depuis l'occasion de reconnaître que ce genre de critique exercée par ma

mère, presque à son insu, était toujours d'une grande justesse.

Lorsque nous revînmes à Paris, mon roman n'était pas achevé, mais il était bien avancé et j'avais l'espoir de le terminer avec l'année. Il fallait battre monnaie, car nous avions un grand projet pour l'année d'ensuite : celui de nous mettre dans nos meubles. L'économie de toutes les façons possibles devenait de plus en plus nécessaire ; nous avions à acquitter les obligations que, bien malgré nous, nous avions contractées. Grâce au produit de ma plume, ma mère avait pu faire venir nos malles de Francfort. De tout ce que nous possédions jadis, il ne nous restait que du linge ; mais le loyer en garni nous écrasait.

Mon père chercha et trouva, rue des Postes, un très-modeste logement qui fut meublé d'une manière plus modeste encore. J'ai gardé longtemps, comme pièce curieuse, l'inventaire de notre ameublement. Tout en était vieux, mais propre ; nous n'avions que le strict nécessaire, mais nous étions chez nous et notre petit appartement, situé au milieu de plusieurs jardins, dans un pavillon séparé, pouvait suppléer, par sa position, à la campagne où il était impossible de conduire ma mère chaque année.

La rue des Postes est au bout du monde parisien ; cet éloignement devait me priver du plaisir de voir souvent la famille Duval et Isaure. Comment aurais-je osé murmurer de cette privation lorsque mes parents en acceptaient tant d'autres avec courage et résignation ! D'ailleurs, mon temps était si complétement rempli que je n'en avais pas à ma disposition pour le dehors.

Les maux de ma malheureuse mère étaient allés en augmentant d'une manière désolante ; elle ne pouvait plus s'occuper ni du ménage ni de la cuisine. Une femme de peine venait le matin, mais le reste de la journée, tout roulait sur moi. Mon père, cet homme jadis si élégant, si *muscadin*, se prêtait complaisamment à m'aider pour tout ce qui était au-dessus de mes forces. Nous étions tous si sobres, que la cuisine n'exigeait pas de ma part un grand talent ; mais pour notre pauvre malade une nourriture meilleure était nécessaire, et, souvent, mon père allait lui-même chercher un plat chez le traiteur. Oui, oui, chaque jour je recevais de nobles exemples de courage dans une infortune non méritée, et de résignation dans de

cruelles souffrances. Comment, à un tel contact,
mon âme ne se serait-elle pas développée ?

Mon *chef-d'œuvre* parut, *la Forêt de Woronetz*
eut du succès ; mais avec le succès vint la critique. Notre vieil ami, M. Duval, me reprocha amicalement de ne lui avoir pas donné connaissance
de mon manuscrit avant de le livrer à l'impression ; puis il me gronda vertement pour avoir introduit, à la fin du roman, un personnage qu'il
déclara être inutile. Je me laissai gronder sans
mot dire : ce personnage était de l'invention de
mon père ; nous avions eu à son sujet des discussions très-vives, et, comme de coutume, j'avais
dû céder. Or, je ne voulais pas accuser mon père
de ce qui était un objet de sévère critique pour
M. Duval. Après les gronderies vinrent les encouragements. Cet excellent homme me dit que si je
voulais travailler, je finirais par être et par faire
quelque chose.

Lorsque je rapportai cet entretien à mon père
et la critique qui avait été faite du personnage en
question, il me répondit brusquement :

« Duval n'a pas le sens commun. »

Et je regrettai cette petite malice, que je m'étais permise envers le guide si éclairé auquel je devais tout ; je l'embrassai tendrement en lui demandant pardon, mais je saisis cette occasion pour lui dire que s'il n'était pas aussi sévère, *j'oserais* me livrer à quelques inspirations qui me venaient par instants.

« Tu béniras un jour ma sévérité, me répondit-il.

— Peut-être bien, répliquai-je ; mais, vois-tu, lorsque je prends la plume, je me sens arrêtée, tout d'abord, par la pensée que tu es là, derrière moi ; que, le crayon à la main, tu liras ce que j'écris ; que tu le trouveras mauvais, que tu le bifferas, que tu le ratureras et que tu me feras dire les choses tout autrement que je ne les aurais senties et que je ne les aurais dites.

— Eh bien ! travaille toute seule.

— Oh ! je ne pourrai pas m'en tirer toute seule, je le sens bien ; mais si tu voulais, je te ferais la lecture de ce que j'aurais écrit, et j'écouterais docilement tes observations.

— Docilement ? murmura mon père.

— Essaye et tu verras.

— Nous essayerons, quand tu auras terminé la traduction que nous avons commencée ensemble. Si tu te sens quelques inspirations, travaille à ta guise et sois bien persuadée, ma chère fille, que je me trouverai heureux de dire à chaque page : Bravo ! »

J'embrassai de nouveau mon excellent père et la paix fut faite.

D'autres critiques, mais aussi d'autres éloges, me vinrent de Versailles. Notre amie, madame Victoire Babois, avec laquelle nous entretenions une correspondance active, me reprochait constamment de ne pas assez travailler mon style. Je ne sentais pas alors l'importance de ce travail qu'on exigeait de moi ; je ne comprenais pas davantage qu'il fallait m'identifier avec mes personnages, sentir et croire comme eux, afin de tenir le langage qui exprimait leurs sensations et leurs croyances. Oh ! que j'avais à apprendre et combien depuis j'ai béni, en effet, la sévérité de mon père !

Il m'avait donné l'excellente habitude de ne jamais faire de brouillon.

« Buffon, me disait-il, ne pouvait écrire qu'habillé, l'épée au côté, avec jabot et manchettes de dentelle ; je ne t'engage pas à faire toilette quand tu veux prendre la plume, mais je t'engage à avoir toujours des cahiers de papier bien blancs et à te

dire : Ce n'est pas un brouillon que je vais faire,
c'est une composition que je veux écrire. L'idée
d'un brouillon entraîne avec soi celle de négligence ; l'idée d'une composition fait naître, au
contraire, le besoin de coordonner d'abord ses
pensées, et il y a dans le premier jet un mouvement, une inspiration qu'on ne retrouverait peut-
être pas après avoir couvert une multitude de
petits morceaux de papiers de phrases plus ou
moins vides d'idées.

— Mais tu me dis sans cesse, mon père, et madame Babois me le répète jusqu'à satiété, qu'il
faut travailler mon style.

— Tu le travailleras en relisant ce que tu as
écrit sous la dictée de l'inspiration, et tu en seras
quitte pour faire plusieurs copies si cela est nécessaire ; mais, pour moi, brouillon est synonyme
de négligence ou de fruits hâtifs cueillis avant
maturité. »

Oh ! qu'avec reconnaissance je me souviens de
tous ces bons conseils !

Isaure, comme toujours, fut très-sobre d'éloges
au sujet de mon nouvel ouvrage. Je ne m'en for-
malisai pas ; il se trouvait, dans notre manière
de voir et dans nos sentiments sur certaines

choses, un tel désaccord que, nécessairement,
elle devait blâmer ce que j'approuvais et approu-
ver ce que je blâmais. Comme j'avais pour elle
une affection vraie, et comme elle m'aimait autant qu'elle pouvait aimer ce qui n'était pas elle-
même ou la toilette, nous n'avions jamais de discussion ; mais une certaine contrainte se faisait
sentir dans nos relations. Au reste, je n'étais
gâtée par personne comme auteur. En échange
de mes ouvrages, que j'envoyais à mes parents,
je recevais des critiques plus ou moins acerbes et
plus ou moins justes. On prenait soin de me rappeler que les femmes auteurs n'avaient jamais été
en grand renom comme femmes ; quelques petits
sarcasmes venaient souvent me blesser au vif et
achever de me faire prendre en grippe le *métier*
de femme de lettres. Mais la nécessité était là ; je
ne pouvais sortir de l'ingrate carrière où elle
m'avait fait entrer, et, plus que jamais, j'étais
bien décidée à cacher mon nom.

Dès notre arrivée dans notre nouvelle demeure,
il avait fallu appeler un médecin auprès de ma
pauvre mère, dont les souffrances allaient toujours croissant. Le docteur Gérardin, jeune alors
mais fort habile, avait une de ces physionomies

ouvertes qui inspirent la confiance. Tout ensemble homme de cœur et homme d'esprit, il apprécia sa malade et mon père, et nous fûmes attirés
vers lui par un sentiment de sympathie que nul
encore ne nous avait inspiré au même point; nous
sentîmes que nous avions trouvé en lui un ami.
Plus d'un médecin alors célèbre avait visité ma
mère ; mais aucun n'avait témoigné pour elle
cette compassion affectueuse que ses maux et
son angélique patience à les supporter, firent
naître dans l'âme du docteur Gérardin. Il venait
presque chaque jour ; bientôt il demanda à ma
mère la permission de lui présenter sa femme et
ses deux enfants.

Ainsi commença une amitié qui a duré toute
sa vie et qu'il a léguée comme un héritage à sa
femme et à sa fille. Souvent, il passait deux
heures auprès du lit de la pauvre malade, que
ses bons soins encourageaient, et à laquelle ses
causeries avec mon père apportaient d'agréables
distractions. Tous deux, spirituels et instruits,
connaissaient le monde ; en les écoutant, je sentais mes facultés intellectuelles se développer.
Mon père me reprochait souvent de ne pas me
mêler à l'entretien ; mais depuis le jour où le

docteur Chaussier m'avait assez brutalement rappelé le rôle de la femme ici-bas, ma timidité native avait grandi. J'avais supplié mon père de ne pas dire au docteur Gérardin que j'écrivais, il ne le sut que beaucoup plus tard. Oh ! quelles sont douces, ces amitiés vraies, fondées sur une estime réciproque ! Elles ne ressemblent en rien à ce qu'on appelle de ce nom dans le jeune âge, et plus on avance dans la vie, plus on en apprécie la valeur !

Dans le quartier que nous habitions, j'avais retrouvé une connaissance de Versailles, mademoiselle Gérard ; elle dirigeait une institution de jeunes filles ; j'allais assez souvent passer quelques instants dans cette maison. Là non plus, je n'étais pas gâtée comme auteur, du moins, par mademoiselle Gérard ; mais elle avait chez elle, au titre de pensionnaire en chambre, une jeune femme, madame Élisabeth Per..., qui me fit goûter pour la première fois le plaisir d'être louée sans emphase et avec discernement. Élisabeth, en apprenant que j'écrivais, avait voulu lire mes ouvrages. Femme de beaucoup d'esprit, elle critiquait avec bienveillance et sentait vivement jusqu'au moindre trait parti du cœur. De ce côté

aussi commença une amitié qui a duré des années ; car, je dois le dire, j'ai trouvé des *amies*
et des *amis* ; les femmes ne sont pas aussi jalouses
les unes des autres qu'on veut bien le prétendre.

A cet attrait s'en joignit bientôt un autre. Miss
Osborn, professeur d'anglais, s'étant prise d'affection pour moi, voulut m'enseigner sa langue ;
j'allais donc assister, trois fois par semaine, aux
leçons qu'elle donnait à l'institution. Mes progrès
étaient rapides, car la syntaxe de la langue anglaise est jeu d'enfant auprès de la syntaxe de la
langue allemande. Mes parents étaient heureux
de cette bonne fortune. Tous les deux auraient
voulu me donner le plus de talents et de savoir
possible. Et chaque jour développait en moi l'a-
mour de l'étude, l'amour du travail, si fécond
en vraies jouissances. Si ma pauvre mère avait
eu seulement un peu de santé, je me serais trouvée
parfaitement heureuse, au grand étonnement
d'Isaure, qui ne pouvait comprendre que je ne
maudisse pas à chaque instant le sort qui m'était
fait. Mon père aussi, constamment et utilement
occupé, paraissait ne pas regretter le passé ; et
mon angélique mère, malgré ses souffrances,
maniait l'aiguille toutes les fois que des crises

affreuses lui laissaient quelque répit. Cette grande
loi du travail, dont l'homme ose se plaindre, est
un des bienfaits de Dieu. Par le travail, douleurs
corporelles, douleurs de l'âme s'adoucissent, et
le sentiment de l'utilité dont on est aux siens en
allège le pénible fardeau.

Mais la coupe d'amertume n'avait encore été
qu'effleurée, et nous étions condamnés à la vider
jusqu'à la fin.

Au commencement de l'année 1823, la mort
enleva un homme de bien, un ministre habile,
notre protecteur *ami*, M. le comte de Montalivet.
En 1819, il avait été rappelé à la chambre des
pairs sur les instances de M. le duc Decazes;
mon père avait eu alors l'honneur de le voir deux
ou trois fois. Sa perte nous coûta des larmes sincères. Hélas! plus nous avançons dans la vie,
plus il se fait de vide autour de nous; ceux qui
nous aiment et que nous aimons disparaissent de
ce monde, et il ne nous reste, trop souvent, que
des inimitiés d'autant plus cruelles qu'elles
éclatent dans le sein des familles mêmes. Nous
n'avions, à Paris, qu'une seule parente; cette
parente était notre ennemie!

Un jour, jour malheureux! une assignation

d'huissier fut remise à mon père. Vingt ans auparavant, ma mère avait payé au mari de cette parente, sans en tirer de reçu, une somme de trois cents francs ; c'était cette même somme que la veuve réclamait aujourd'hui par voie judiciaire : elle n'aurait pas osé la redemander en face à ma mère. Si j'entre dans ces tristes détails, c'est que le procès qui eut lieu pour une si misérable affaire, nous coûta deux années de chagrins amers, hâta les progrès de la maladie mentale née des souffrances endurées en Russie par mon père et compléta notre ruine.

Aussi longtemps que mon oncle, le général G*** avait vécu, les biens patrimoniaux de ma famille maternelle étaient restés indivis ; mais il laissait, après lui, une veuve et un mineur, et il avait fallu procéder au partage. Le plus mauvais lot, sous le rapport pécuniaire, était échu à ma mère ; mais ce lot, c'était la maison paternelle. Un de ses plus doux rêves était d'y aller finir ses jours, auprès de sa sœur et de ses nièces qui l'habitaient. Pour soutenir le procès qui nous était intenté, il fallut hypothéquer cette maison ; plus tard, il fallut la vendre, afin d'acquitter la dette ainsi contractée ; et ma tante, mes cousines durent quitter la demeure où elles étaient nées.

Tant de secousses, venues coup sur coup, augmentaient les souffrances de ma pauvre mère ; mon père, justement irrité, passait une partie de sa vie à rédiger des mémoires, dans lesquels il montrait l'indignité de l'attaque qui augmentait les tourments dont notre vie était remplie. Lorsqu'il ne restait pas toute la journée au Palais, il ne cessait d'aller et venir dans ma chambre, qui servait de passage pour aller dans celle de ma mère. Cette chambre était aussi mon cabinet de travail. Installée avec ma petite table auprès de l'une des fenêtres, je n'avais pour entourage qu'un paravent. De ma place, j'entendais les plaintes de ma mère auprès de laquelle je courais souvent, les plaidoiries que faisait mon pauvre père et ses allées et venues incessantes ; il fallait pourtant, en dépit de tous ces obstacles, travailler. Je n'avais rien de commencé ni de préparé ; les premiers mois de l'hiver avaient été si rudes pour ma mère, que j'avais à peine suffi aux soins qui lui étaient nécessaires. Depuis l'arrivée de l'assignation, mon père n'avait pas songé à me chercher quelque ouvrage à traduire ; mais, chose singulière, un je ne sais quoi bouillonnait en moi ;

il me semblait que j'avais une composition à faire. Quoi? je l'ignorais moi-même. Miss Osborn m'avait procuré un roman anglais dont elle faisait grand cas ; je n'avais pas eu le temps d'ouvrir les deux gros volumes ; un jour je les pris machinalement et je commençai à lire. Peu à peu, mon esprit se détacha de ce que je lisais ; quelques idées, d'abord vagues, se présentèrent ; je fermai le livre, et pour la première fois je sentis le plaisir que donne l'inspiration. En peu de minutes, tout un drame se déroulait dans ma tête, le caractère de mes personnages se dessinait ; je voyais un point de départ, un but d'arrivée... La voix de ma mère qui m'appelait rompit le charme, non pas complétement, car le reste du jour je poursuivis mon idée, ou plutôt je fus poursuivie par elle, au milieu même des occupations les plus vulgaires... Le lendemain je prenais la plume, et j'écrivais sans hésiter les premiers chapitres de *Henri* ou *l'Homme silencieux*.

III

J'avais lu, soit en allemand, soit en français, des traductions d'un grand nombre de romans anglais ; ces lectures m'avaient familiarisée avec le caractère, les mœurs un peu excentriques de nos voisins d'outre-Manche. Mon oncle Louis Ulliac m'ayant envoyé six gros volumes de l'ouvrage intitulé : *Gallery of Arts and Industry*, j'y avais trouvé plusieurs lettres fort intéressantes sur le tremblement de terre qui détruisit Lisbonne en 1755. Enfin le récit d'un voyage fait en Espagne et d'un autre fait en Angleterre au commencement du dix-huitième siècle m'étant tombé entre les mains, j'y avais puisé des renseignements curieux sur ces deux pays. Comment des matériaux si divers, recueillis sans préméditation aucune, se combinèrent-ils dans mon esprit et m'aidèrent-ils à composer un roman tout entier ? Je ne saurais le dire ; j'étais *inspirée*, voilà

tout. Emportée par cette puissance qui enivre,
qu'on ne fait pas naître, et qui s'empare de vous
presque à votre insu, j'écrivais comme sous la
dictée de quelqu'un. Quoique interrompue sans
cesse par mes fonctions de garde-malade, de ménagère et par les *promenades* de mon père, en re-
prenant la plume je reprenais aussi ma pensée à
l'endroit où d'autres pensées étaient venues à la
traverse, et je continuais sans même relire la
phrase précédente. Ainsi furent écrits de verve
quatre volumes. Le soir je lisais haut à mes parents le travail de la journée : les larmes de joie
de mon père, l'attention pleine d'émotion de ma
mère dissipaient peu à peu l'espèce d'embarras,
de confusion que je ressentais toujours en com-
mençant ma lecture. Cette lecture faite à haute
voix de ce que j'avais composé me causait à moi-
même un plaisir singulier ; j'éprouvais comme un
étonnement naïf et je me surprenais à me demander tout bas : *Où ai-je été chercher cela ?* Ce n'était
pas l'amour-propre qui parlait en moi ; je comprenais que j'avais obéi à une force indépendante
de ma volonté. Les observations de mon père
se trouvaient souvent d'accord avec celles que je
me faisais lorsque je me relisais haut... Oui, le

16

langage est impuissant à rendre les jouissances intellectuelles dues à l'inspiration ; jouissances bien supérieures à toutes les joies que peuvent donner le succès et les applaudissements du public.

Enfin mes quatre gros volumes sont achevés. M. Alexandre Duval savait que je faisais une composition, et il m'avait dit avec amitié qu'il voulait bien prendre la peine de la lire. S'il allait déclarer mauvais ce que mes parents, par indulgence et par tendresse, avaient jugé bon ! Je n'étais pas contente de la fin de mon roman, et j'avais senti que mon père et ma mère trouvaient qu'il y manquait quelque chose. En vain je m'étais creusé la tête pour refaire cette malheureuse fin : la fièvre qui m'avait soutenue jusque-là était passée, et cette fièvre, j'en faisais l'épreuve, on ne se la donne pas à volonté.

Le cœur plein d'inquiétude, je portai mon manuscrit à mon vieil ami. En l'ouvrant il me dit : « Je ne sais trop comment mes yeux se tireront de vos pattes de mouches tracées à l'encre blanche. Enfin je vous ai promis de vous lire et je vous lirai malgré tout ; revenez la semaine prochaine. »

Huit jours à passer dans l'attente ; c'était bien
long !... Mais avant la fin de la semaine, mon
manuscrit me revenait avec un petit billet contenant ces mots : « Bien, très-bien, très-bien,
chère enfant, excepté la fin. Venez me voir, nous
causerons. »

Cette malheureuse fin ! j'avais eu bien raison
de ne pas en être contente ; l'idée d'avoir à la refaire gâtait tout le plaisir que me donnait l'ap-
probation de M. Duval. Mon père m'encourageait
en me disant : « Duval t'aidera malgré toi, qui ne
veux pas être aidée. »

J'y comptais bien un peu, et dès le lendemain
j'allai chercher les conseils de mon excellent ami.

Après avoir fait l'analyse de mon œuvre avec
une clarté qui me la rendit présente tout entière,
monsieur Duval, de ce ton un peu grondeur qui
lui avait valu le surnom de *Bougon*, me dit :
« Toute la seconde partie du quatrième volume
est à refaire. »

Et il la critiqua impitoyablement.

« Mais comment la refaire ? demandai-je. Don-
nez-moi quelques indications, quelques notes,
quelque moyen de me tirer de là.

— Cherchez et vous trouverez, répondit-il.

Vous avez tout préparé de manière à terminer par des scènes éminemment dramatiques; et négligeant de vous servir de ces préparatifs, vous finissez en pointe. »

Vainement je le suppliai de m'aider, il me répondit qu'il fallait apprendre à faire sa besogne soi-même.

« Il y a là, dit-il, en appuyant le doigt sur mon front, tout ce qu'il faut pour terminer dignement cet ouvrage très-remarquable, je vous le dis avec plaisir. Quand vous aurez refait, comme je l'espère, la dernière moitié du quatrième volume, je vous donnerai un éditeur; et celui-ci payera chaque volume deux cents francs, au lieu des misérables cent francs par volume que jusqu'ici on vous a donnés, pauvre petite. Allons, courage! prenez le temps de réfléchir; relisez-vous et corrigez-vous vous-même. »

Je revins au logis triste et pensive. Avec abattement je dis à mes parents que M. Duval n'avait pas voulu m'aider et que j'étais décidée à laisser tout là.

« La nuit porte conseil, répondit mon père en souriant; s'il me viens quelque idée et que tu me *permettes* de t'en faire part...

— Ah! mon père, ne me parle pas ainsi, m'écriai-je, je suis assez désolée. »

Ma désolation dura plusieurs jours : aucune idée, aucun moyen de terminer mon roman comme M. Duval l'entendait ne se présentait à mon esprit. Pendant qu'inutilement j'invoquais l'inspiration, mon père entreprenait un grand travail de menuiserie : avec un paravent qu'il exhaussait jusqu'au plafond, peu élévé heureusement, il construisait, dans la grandre chambre que j'occupais et qui servait de passage, un corridor, une alcôve non fermée et un cabinet de toilette. Ma mère avait compris que, logée comme je l'étais, je ne pouvais travailler de tête sans ressentir une grande fatigue, par l'effet du dérangement perpétuel qui venait interrompre le cours de la pensée, et elle avait décidé que je prendrais la chambre du fond, qui était la sienne. Je n'ai jamais connu un homme aussi inventif que l'avait toujours été mon père. Cette entreprise faite sans hésiter, apporta une distraction salutaire aux tristes préoccupations que lui causaient un procès entamé et les dégoûts qu'il éprouvait pour le règlement de sa pension de retraite. Nous avions bien des chagrins dans ce temps-là, et pour ma part j'en

16.

éprouvais un vif de ne pouvoir finir un ouvrage dont le produit devait apporter quelque aisance dans la maison. En attendant que les idées
vinssent, je m'étais remise à broder, à coudre des
ganits à façon et à colorier des étiquettes pour les
parfumeurs ; ainsi faisais-je lorsque je ne trouvais
pas à placer un manuscrit et lorsque les souffrances de ma mère, les soins du ménage ne me
permettaient pas de recourir à ma plume : ce que
je gagnais par ces travaux était bien peu ; mais
ce peu valait toujours mieux que rien.

Depuis quelques jours j'occupais la chambre
que m'avait cédée ma mère, quand un soir je
compris soudain ces paroles de M. Duval : *Vous
avez tout préparé pour terminer votre ouvrage
par des scènes dramatiques d'un haut intérêt...*
Il avait raison, la fée était revenue, et je n'eus
qu'à écrire sous sa dictée.

La semaine d'après je remettais à M. Duval,
comme il me l'avait ordonné, mes quatre volumes.

« Si je n'ai pas réussi, lui dis-je, il faudra,
mon bien bon ami, que vous m'aidiez.

— Je ne vous ferai pas attendre ma décision,
répondit-il en souriant : revenez jeudi. »

Je fus ponctuelle au rendez-vous, où j'arrivai le cœur palpitant d'inquiétude; je cherchais à lire d'avance mon sort dans les yeux de M. Duval, dont l'air sérieux me faisait presque peur.

« Quand je vous disais, mauvaise tête, s'écria-t-il de ce ton bourru qu'il prenait sans y songer, que vous aviez en vous ce qu'il fallait pour vous tirer d'affaire!... Vous avez fait là un coup de maître. »

Toute joyeuse et toute confuse en même temps, je lui sautai au cou; il m'embrassa cordialement et il me dit : « Le manuscrit est dans les mains de l'éditeur, et c'est une affaire conclue. Le libraire ira vous voir prochainement. Le prix est de huit cents francs pour une édition seulement, dont la moitié sera payée comptant le jour de la mise en vente. Il faut relire soigneusement vos épreuves; vous trouverez ici et là quelques retouches à faire.

« Que vous êtes bon ! m'écriai-je. Puisque vous approuvez l'ouvrage, j'aurai une grâce à vous demander.

— Laquelle?

— Celle de versifier la barcarole; vous faites si facilement les vers !

— Je ne promets rien : nous verrons. Que ne la versifiez-vous vous-même?

— Moi? je n'ai jamais fait de vers.

— Il y a commencement à tout, vous le voyez bien.

— Mon excellent ami je vous en prie...

— Je ne dis ni oui ni non. »

Longtemps j'ignorai comment l'éditeur s'était montré si bénévole pour le prix. M. Duval savait que nous avions grand besoin du *vil métal*, mais inutilement il avait fait plusieurs fois des offres de service à mon père. Sa délicate bonté lui suggéra un *mezzo termine*. Il fixa lui-même le prix qu'il voulait faire donner de mon œuvre en disant au libraire :

« *Si l'édition ne s'écoule pas tout entière, je vous rembourserai deux cents francs.* »

Ainsi il nous obligeait de sa bourse, de telle façon qu'il nous dispensait même de la reconnaissance. Heureusement l'édition se vendit très-rapidement.

La bonne nouvelle que je rapportais au logis consola un peu ma pauvre mère, accablée par la souffrance, l'inquiétude et le chagrin. Mon père, heureux de ma réussite, me dit que maintenant il espérait pour moi un avenir dans la carrière des lettres.

L'ouvrage était sous presse et M. Duval ne se montrait pas disposé du tout à versifier ma barcarole. Je n'avais pas osé demander ce service à madame Victoire Babois. Je lui devais déjà cinq jolies romances ; mais elle venait d'être malade, le travail lui était interdit. Un matin me fut apportée l'épreuve qui contenait cette barcarole avec une lettre du prote de l'imprimerie : il me priait sans façon de transformer ma prose en vers. Ce message m'arrivait dans un moment où j'étais livrée à des occupations fort peu poétiques : je repassais le résultat d'un énorme savonnage fait au commencement de la semaine. Tout étourdie de la demande, je portai la lettre à mon père, qui me fit remarquer ce post-scriptum : « Nous attendrons tout le temps que vous voudrez; mais, je vous en prie, mettez en vers le *mal d'ojos* (1).

« Du temps, du temps! disais-je. Eh bien! ils attendront! » et je repris mon fer à repasser. J'éprouvais une impatience fébrile, m'indignant tout bas du peu de complaisance de mon vieil ami.

(1) Mal donné par les personnes douées du *mauvais œil*.

Versifier cette chansonnette était pour lui moins que rien... Soudain je pose mon fer, je m'assieds à mon pupitre, je prends ma plume... et voilà un, deux, trois, quatre couplets qui arrivent à la file... la bonne fée était là; mais comment oser croire que ces vers *trouvés* n'étaient pas détestables? Quand tous les couplets furent rimés, je les portai à mon père, ne sachant trop ce que j'avais fait. Mon père, à ma grande joie, les déclara bons, et lorsque l'ouvrage eut paru, belle maman m'écrivit : « Votre barcarole est charmante ; je signerais ce morceau là. »

Combien de fois j'ai réfléchi depuis à cette puissance créatrice qu'on invoque en vain et qui semble naître des tourments mêmes de l'âme ou de l'esprit! Combien de fois j'ai reconnu la vérité de cette *Élégie à la douleur*, évocation adressée à la source la plus féconde de l'inspiration! Combien de fois ai-je puisé dans le chagrin, dans les angoisses, dans les inquiétudes de toute espèce, d'abord la force de m'en abstraire, et ensuite des ouvrages qui ne me coûtaient que la peine d'écrire! Et, nous auteurs, nous osons nous glorifier des facultés que développe une puissance inconnue, sourde à nos prières et qui en un moment

nous transforme! Les anciens appelaient *vates* les
poëtes : *vates*, c'est-à-dire *devins, inspirés;* quand
la divination, l'inspiration a cessé, qu'est-ce que
le poëte?... Non, nous ne possédons rien en propre, et, à chaque pas que nous faisons dans la
vie, nous devons nous répéter avec une conviction
plus profonde ces paroles de saint Paul : *Qu'as-tu
que tu n'aies reçu?...*

Ce roman eut un beau succès; plusieurs jour-
naux en parlèrent, et, l'édition s'étant écoulée
rapidement, le libraire me demanda quelque
chose pour l'année suivante. Avoir du travail
assuré était un point bien important pour nous,
aussi cette certitude releva notre courage. Nous
en avions grand besoin, car nous venions de perdre notre procès; seulement les dépens étaient
compensés, c'est-à-dire qu'une partie des frais
devait être supportée par notre adversaire : ce
qui prouvait que si l'attaque était fondée en droit
et lui assurait gain de cause, elle n'était pas fondée en moralité aux yeux des juges. Ainsi ma
mère ne possédait plus rien de l'héritage paternel,
et, d'un autre côté, mon père, mis à la retraite,
voyait cette retraitte fixée au *minimum*, lorsqu'il
avait droit au *maximum*. On était allé même jus-

qu'à lui refuser le titre de maréchal de camp auquel lui permettaient de prétendre douze années de service dans le grade de colonel. Tant d'infortunes arrivant coup sur coup avaient altéré l'humeur de mon pauvre père; la gaieté qui l'avait soutenu jusqu'alors faisait place peu à peu à la tristesse : il prenait en aversion tout le genre humain, et à grand'peine il supportait le petit nombre de personnes qui venaient encore de temps en temps interrompre notre solitude. Notre bon docteur Gérardin était le seul être qui trouvât grâce devant lui, et seul aussi cet excellent ami réussissait à ramener le sourire sur ses lèvres.

Une préoccupation tout artistique vint fort à propos distraire mon père de ses idées sombres. Pour la première fois, un de mes ouvrages se trouvait *orné* de gravures prétendues jolies; elles étaient détestables, pour la composition, le dessin et l'exécution. L'éditeur ayant annoncé l'intention d'en placer d'autres en tête de l'ouvrage que je préparais, mon père demanda à être mis en relation avec l'artiste chargé de faire les dessins. Cet artiste, c'était M. de Montaut, et certes, on ne pouvait faire un meilleur choix. Jamais aucun dessinateur n'a aussi bien saisi la pensée d'un programme ; je lui dois plusieurs compositions charmantes au double titre de compositeur et de graveur. Sa femme et lui formaient le plus joli couple qu'on pût voir. Ce joli couple possédait un bel enfant aux cheveux blonds tout bouclés ; l'enfant, devenu jeune homme, est sorti de l'École polytechnique pour entrer dans les ponts et chaussées : il dirige aujourd'hui, comme ingénieur en chef, les travaux qui ont pour objet le percement de l'isthme de Suez, en même temps qu'il remplit à Damiette les fonctions de consul de France. Son frère, plus jeune, mon filleul, est professeur de dessin à l'école militaire du Caire. J'ai dû au père et aux deux fils, car tous les trois sont également artistes, les jolies gravures qui ornent mes ouvrages. Mon père avait surnommé M. de Montant *le Peintre de l'âme*, surnom mérité; dans ses portraits comme dans ses compositions, cet artiste sait reproduire le caractère, *l'âme* de ses personnages. Notre liaison avec cette famille fut durable, et aujourd'hui encore se conserve entre nous le souvenir d'une vieille affection.

Isaure, me voyant réussir dans la carrière des lettres, conçut la bizarre idée de me marier. La première fois qu'elle m'en parla, je me mis à rire ; mais bientôt je vis qu'elle prenait la chose au sérieux ; elle me tourmenta tellement que je dus promettre de parler à mes parents du parti qu'elle me proposait. Sans dot, sans figure et n'étant plus de la première jeunesse, je ne pouvais porter bien haut mes prétentions, mais du moins j'avais assez de raison pour me dire que mieux valait rester vieille fille que d'accepter pour mari un homme qui ne possédait que son grade de capitaine et une place dans un des établissements du gouvernement d'alors. Je ne connaissais même pas de vue le prétendant, et il ne me connaissait pas non plus. C'était Isaure et quelques intimes de la maison qui avaient arrangé cette belle affaire.

Plusieurs jours se passèrent sans que je trouvasse le courage de dire à mes parents qu'on voulait me marier. Je savais que mon père ne pourrait pas vivre avec un gendre, et, pour rien au monde, je ne voulais quitter ma mère. Plus j'y réfléchissais, plus ce projet me paraissait absurde. J'avais appris par une triste expérience combien peu il faut compter sur le produit des travaux littéraires ; je savais aussi combien difficilement on est à la fois femme auteur et ména-

gère. Accepter de nouveaux devoirs, lorsque déjà
j'en avais de si sacrés à remplir, c'eût été le comble de la folie. Le mariage me tentait peu d'ailleurs ; j'avais déjà vu plus d'un mauvais ménage,
et je me sentais fort peu disposée à cette soumis-
sion, à cette obéissance qu'imposent à l'épouse
les lois divines et humaines... Après une longue
hésitation, je me décidai enfin à tout raconter à
mes parents. Mon père m'écouta d'un air grave,
puis il me dit : « En vérité, ma fille, tu as une amie
bien généreuse ! que ne prend-elle pour elle ce
beau parti ? Madame de Saint..., femme d'un capitaine qui approche de l'âge où on le mettra à
la retraite, fera réellement figure dans le monde ;
seulement il lui faudra renoncer à la toilette et à
ce doux *far niente* dans lequel elle passe sa vie,
car la femme d'un capitaine ne roule pas sur l'or ;
ta mère le sait. »

Et mon père continua sur ce ton, en peignant
Isaure sous des traits bien ressemblants et bien
malins, auxquels je ne trouvais rien à opposer,
quelque envie que j'eusse de défendre mon amie.
Si j'avais éprouvé le plus petit désir de devenir
madame de Saint..., les moqueries de mon père
l'auraient fait passer à tout jamais.

Isaure se fâcha presque du refus que je fis de me trouver du moins à un dîner avec le capitaine de Saint.... En vain je lui fis observer qu'une entrevue serait une espèce d'acceptation, et que le refus qui viendrait à la suite, s'adressant à la personne elle-même, et non plus seulement à la position, serait très-blessant ; l'enfant gâtée ne répondit à ces bonnes raisons que par de l'humeur et des bouderies. Elle avait cru sans doute faire un acte d'héroïsme en me donnant un mari, lorsque pour elle il n'était pas encore question de mariage.

Pendant quelque temps, je m'abstins d'aller chez madame de C***. Bien des choses me déplaisaient dans cette maison. J'aimais sincèrement Isaure, mais je ne l'aimais pas en aveugle ; le ton qu'elle avait avec sa mère, sa coquetterie, m'inspiraient souvent un vif mécontentement, et elle recevait fort mal mes observations ; parfois elle s'en vengeait en me lançant quelques sarcasmes, auxquels je ripostais avec plus ou moins d'animation. Diamétralement opposées dans nos opinions, nous nous heurtions l'une l'autre sans le vouloir, et chaque jour semblait diminuer le nombre des points sur lesquels jadis nous nous trouvions d'accord. Lorsque, cédant à ses instances, j'acceptais de dîner chez elle, il me fallait entendre patiemment les récits les plus absurdes, les assertions les plus folles au sujet du passé, qui datait d'hier pour ainsi dire. Ce n'est pas tout : madame de C*** elle-même avait souvent avec moi un ton d'ironie qui me faisait douter des éloges que dans d'autres circonstances elle me prodiguait. Bien rarement les liaisons de jeunesse survivent à cet âge où tout est illusion ; à mesure que la raison grandit, que les facultés se développent et que l'esprit se mûrit par l'effet de la réflexion, l'affection diminue, quand elle n'est point soutenue par l'estime.

Ne voulant pas qu'Isaure pût croire que je la boudais, j'allai la voir un matin. Comme toujours, je me fis annoncer chez madame de C*** ; celle-ci avait les yeux rouges et encore humides de larmes. Ce n'était pas la première fois que je la surprenais ainsi, mais elle me parut ce jour-là plus émue que d'ordinaire. A peine m'avait-elle demandé des nouvelles de ma mère que des pleurs inondèrent son visage. Elle se couvrit les yeux de son mouchoir, et s'écria avec un accent qui me remua jusqu'au fond de l'âme : « Que vos pa-

rents sont heureux !... et que je suis malheureuse ! »

« Madame ! » m'écriai-je ; puis je m'arrêtai, ne
sachant que répondre ; mais j'avais saisi une
de ses mains, et je la tenais pressée dans les
miennes.

Elle pleura longtemps sans rien dire ; puis, au
milieu des sanglots elle se plaignit de sa fille, en
répétant presque à chaque mot : « C'est ma
faute... je me suis faite son esclave, et elle me
traite en esclave. »

J'appris alors quelle triste vie menait cette
mère idolâtre auprès du tyran qu'elle s'était
donné. Isaure se levait tard, elle passait la journée dans une oisiveté et dans un négligé com-
plets : elle s'habillait juste pour le moment de la
promenade, qui avait lieu à trois heures, et lorsqu'il manquait quelque chose à la toilette qu'elle
voulait faire, c'était à sa mère qu'elle s'en prenait ; alors commençait le double supplice d'un
corset serré outre mesure et d'une chaussure trop
étroite, supplice supporté avec un front serein et
le sourire sur les lèvres, non-seulement pendant
la promenade, mais encore pendant tout le reste
de la journée.

Au dîner, Isaure ne mangeait rien ; spirituelle et maligne, elle soutenait l'entretien par ses questions et d'heureuses saillies. Après le dîner, on restait quelque temps à la fenêtre, jusqu'à l'heure où commençaient les parties, car on jouait beaucoup chez madame de C*** ; jamais les conviés ne se retiraient avant minuit. Au moment de leur départ, Isaure passait du salon dans sa chambre à coucher, où sa mère la suivait, et, après s'être assurée en se mirant plusieurs fois que sa toilette lui seyait, elle se débarrassait à la hâte du corset trop serré et de la chaussure trop étroite. C'est alors qu'elle se mettait à table. Pendant qu'elle soupait, sa mère lui faisait la lecture à haute voix, soit d'un journal, soit d'un recueil de modes, soit du roman en vogue, lecture qui se prolongeait ordinairement jusqu'à trois heures du matin. Dès cette époque, madame de C*** était fort souffrante de crampes d'estomac ; sa fille ne s'en apercevait pas...

En écoutant les plaintes de la malheureuse mère, je restai stupéfaite ; je ne m'étais pas doutée jusqu'à ce moment que la jeune fille à laquelle je donnais le nom d'amie fût si profondément égoïste et dure. Comme j'exprimais avec

chaleur mon indignation, madame de C*** s'é-
cria : « Mademoiselle Sophie, pas un mot à ma
fille de ce que je viens de vous confier ; j'ai fait
mon sort, je dois le supporter. Des remontrances
lui apprendraient que je me suis plainte d'elle ;
cela ne servirait qu'à l'aigrir contre moi ; je vous
en supplie, pas un mot... et que vos parents
ignorent tout..... Oui, ils sont bien heureux...
Que deviendrait ma malheureuse fille, si elle me
perdait ?... Son cœur n'est pas méchant, je vous
assure... Gâtée comme elle l'a été depuis son enfance, elle n'a pas la conscience du mal que souvent elle me fait... Mademoiselle Sophie, votre
main, votre parole que mes confidences resteront
un secret entre vous et moi... et surtout, pas un
mot à ma fille.

— Permettez alors, madame, que je ne la voie
pas aujourd'hui. »

Et je me levai vivement.

« Pourvu qu'on ne lui ait pas dit que vous êtes
ici... »

A l'instant Isaure entra. Elle vint à moi en me
tendant la main ; madame de C*** avait pris un
ouvrage de couture et tenait la tête baissée.

« Qu'as-tu ? me demanda Isaure ; ton air est

soucieux. Est-ce que ta mère serait plus malade ? ou bien ton éditeur t'aurait-il *fait des traits ?*

— Tu sais, répondis-je, que les soucis ne manquent pas à la maison : si l'on ne t'avait pas dit que j'étais chez Madame, peut-être ne t'aurais-je même pas vue, car je suis fort pressée. Madame de C*** était souffrante la dernière fois que j'ai eu l'honneur de la saluer, et nous désirions tous avoir de ses nouvelles. »

En disant ces mots, je saluai madame de C***, et j'allais me retirer lorsque Isaure s'écria :

« Tu ne m'embrasses donc pas ?... Quand reviendras-tu ? Viens dîner dimanche ; veux-tu ? »

Je répondis que l'état de ma mère ne me permettait de rien promettre, et je m'enfuis sans donner à Isaure le temps de m'accompagner jusqu'à la porte d'entrée.

J'avais le cœur serré ; les plaintes de cette malheureuse mère résonnaient encore à mon oreille, et ses larmes excitaient les miennes. Oui, sans doute, elle recueillait le fruit amer de la mauvaise éducation donnée à sa fille ; mais cette fille était-elle donc tout à fait sans cœur ? L'égoïsme régnait-il seul chez elle ? sa conscience ne s'éveil-

lait-elle jamais ?... Vainement je cherchais des
excuses à cet indigne abus d'une tendresse sans
bornes, je n'en pouvais trouver... Par moments,
il me semblait que si je disais à Isaure : « Voilà
les souffrances que tu imposes à ta mère ! » Isaure
se repentirait, Isaure s'amenderait..... mais j'a-
vais promis le secret, et la raison me faisait sentir
que le mal était bien enraciné. Chez la femme
que possède l'amour de la parure, s'émoussent
les plus nobles facultés de l'âme ; l'esprit se ré-
trécit, le cœur se dessèche et se ferme à toutes les
affections ; déjà plus d'une fois j'avais eu l'occasion de faire cette triste remarque ; ce que je venais d'apprendre en confirmait la justesse. Depuis, j'ai pu me répéter la même observation :
toujours j'ai vu cette misérable passion de la parure développer l'amour de soi-même, et que sort-
il de l'amour de soi-même, sinon une misère
morale qui va croissant avec l'âge !

Quelque temps encore dura cette liaison qui ne
m'apportait plus qu'anxiétés et découragement.
Isaure s'apercevait de ma froideur, et elle s'en
vengeait par des mots piquants. Malgré mes in-
stantes prières, mes représentations, elle persévé-
rait à m'offrir, le jour de ma fête et au premier

de l'an, quelque objet de toilette. Refuser positivement était impossible, je m'acquittais en faisant pour elle de belles broderies. Me jugeant d'après elle-même, Isaure s'imaginait que je devais souffrir beaucoup de ne pouvoir suivre la mode.

« Tu as beau t'en défendre, me disait-elle, tu aimes aussi la parure : la preuve, c'est que tu es toujours coiffée comme par un coiffeur et toujours tirée à quatre épingles, et pourtant vous ne recevez personne... Oh ! je te vois venir : tu vas me répondre que ton père n'aime pas le négligé *négligé*, qu'une femme ne doit pas se montrer à sa famille comme elle ne voudrait pas paraître devant des étrangers... Tout cela sont des mots en l'air : le fait est que tu aimes la toilette, pauvre fille ! »

Il m'était impossible de la persuader que les soins donnés à ma personne tenaient aux habitudes d'ordre et d'arrangement que ma mère m'avait fait prendre, et que mon père, en effet, estimait peu les femmes qui se négligent elles-mêmes.

L'époque de l'un des cadeaux annuels étant arrivée, je reçus un *bouquet* de la part d'Isaure,

mais cette fois je refusai positivement par un petit mot plein de douceur et de raison. La réponse
ne se fit pas attendre : quelques lignes bien im-
pertinentes firent bouillonner mon sang : j'écrivis
une seule phrase : *Tout est fini entre nous.*

La première rupture avec Isaure m'avait causé
un vif chagrin : cette fois je fus peinée sans
doute, mais toute liaison était devenue impossible. Encore une illusion perdue ! Mon père
m'approuva ; ma mère vénérée pressentait depuis longtemps ce qui venait d'arriver ; elle me
dit : « Que l'infortune s'appesantisse sur cette
malheureuse enfant, et c'est encore à toi qu'elle
recourra. »

La prédiction de ma mère s'est accomplie quelques années plus tard.

Avec une ardeur nouvelle, je me remis à l'é-
tude et au travail ; l'étude, le travail m'empê-
pêchaient de sentir l'isolement dans lequel nous
vivions. Peu à peu mon père avait banni tous les
visiteurs. Il me permettait de voir quelques personnes au dehors, mais il ne voulait voir personne chez lui. Son activité diminuait d'une manière sensible ; chaque jour il semblait prendre
moins d'intérêt à mes travaux littéraires ; cepen-

dant il me répétait souvent, à propos des romans que je composais ou que je traduisais : *Tu feras mieux que cela.* Quel était ce mieux ? Peut-être mon père n'en avait-il qu'une vague idée ; mais je sentais en moi des aspirations, vagues aussi, vers une autre voie que celle que je suivais. Avant de devenir auteur, j'avais aimé de passion les romans à grands fracas ; depuis, mon goût s'était épuré : j'avais compris que la vie humaine doit être présentée telle qu'elle est, et non telle que la fait souvent l'imagination du romancier. Je sentais aussi le besoin de donner une portée sérieuse à mes écrits ; ignorante comme je l'étais, je n'entrevoyais même pas le moyen de faire autrement ni autre chose que ce que je faisais. L'instruction élémentaire m'avait manqué ; il fallait donc étudier, même pour mes traductions, ces livres que beaucoup de personnes plus jeunes que moi savaient par cœur ; je ne me décourageais pas. Déjà, grâce aux produits de ma plume, le nombre de nos dettes avait beaucoup diminué ; nous vivions dans la gêne, pourtant je voyais approcher le moment où nous ne devrions plus rien à personne, et ne plus rien devoir c'est être riche.

Un jour, les feuilles publiques nous apprirent
que M. le comte Camille de Montalivet, succédant
à son père et à son frère aîné, qui avaient cessé
de vivre, était venu prendre place au milieu des
pairs de France ; sa noble mère l'accompagnait
sans doute. En effet, madame la comtesse douairière de Montalivet était arrivée depuis peu à Paris. Si nous n'avions pas été aussi pauvres que
nous l'étions alors, il n'y eût pas eu d'hésitation
dans ce que la reconnaissance et les souvenirs du
passé inspiraient à mon père en cette circonstance : il aurait écrit pour demander la permission de se présenter ; il ne rougissait pas de ses
habits râpés, mais il n'en voulait pas non plus
faire étalage. Sans se rendre compte positivement
des changements qui s'étaient opérés en lui, il ne
sentait pas son esprit aussi libre qu'autrefois ; et
puis il craignait de se placer lui-même, en apparence du moins, au nombre de ces solliciteurs
dont la foule entoure les grands.

Après bien des discussions et des débats, il fut
décidé que je tenterais d'être reçue par madame
la comtesse de Montalivet, sans faire précéder ma
visite d'une demande d'audience, demande qui
aurait donné à cette visite une certaine impor-

tance ; j'irais, à titre d'auteur, lui offrir un de mes
ouvrages. Elle nous avait prouvé en 1813 qu'elle
avait la mémoire du cœur ; le nom de mon père
suffirait probablement pour me faire bien accueil-
lir, et j'expliquerais alors que mon père, mal portant, n'était pas en état de présenter lui-même sa
fille, mais qu'il demandait pour elle l'appui de la
noble épouse de son ancien protecteur.

L'idée de cette visite m'inspirait un certain
effroi : la vie retirée que nous menions n'avait pas
contribué à diminuer ma timidité naturelle ; mais
ce qui me rassurait quelque peu, c'était le souvenir de ces beaux traits où la bonté se trouvait
unie à la dignité. Enfin il fut décidé que la semaine suivante je me présenterais chez madame
la comtesse de Montalivet.

FIN DE LA PREMIÈRE PARTIE.